共和国的历程

正义必胜

停战协定签订与抗美援朝取得伟大胜利

李 奎 编写

蓝天出版社　吉林出版集团有限责任公司

图书在版编目（CIP）数据

正义必胜：停战协定签订与抗美援朝取得伟大胜利 /李奎编写.
—北京：蓝天出版社，2014．1（2023.3重印）
（共和国的历程）
ISBN 978-7-5094-1100-1

Ⅰ．①正… Ⅱ．①李… Ⅲ．①革命故事－作品集－中国－当代 Ⅳ.
①I247．8

中国版本图书馆 CIP 数据核字（2013）第 305476 号

正义必胜——停战协定签订与抗美援朝取得伟大胜利
编　　写：李　奎
策　　划：金永吉　荆忠峰
责任编辑：祖　航　孔庆春
出版发行：蓝天出版社　吉林出版集团有限责任公司
地　　址：北京市复兴路 14 号
邮　　编：100843
电　　话：010--66983715
经　　销：全国新华书店
印　　刷：北京柏玉景印刷制品有限公司
开　　本：710mm×1000mm　1/16
字　　数：69 千
印　　张：8
版　　次：2014 年 4 月第 1 版
印　　次：2023 年 3 月第 3 次
定　　价：29.80 元

前　言

中华人民共和国自 1949 年 10 月 1 日成立以来，已走过了六十多年的风雨历程。历史是一面镜子，我们可以从多视角、多侧面对其进行解读。然而有一点是可以肯定的，那就是，半个多世纪以来，在中国共产党的领导下，中国的政治、经济、军事、外交、文化、教育、科技、社会、民生等领域，都发生了深刻的变化，中国人民站起来了，中华民族已屹立于世界民族之林。

这段时间放到整个历史长河中是短暂的，有如弹指一挥间，但它带给中国的却是极不平凡的。六十多年里神州大地经历了沧桑巨变。从开国大典到 60 年国庆盛典，从经济战线上的三大战役到经济总量居世界前列，从对农业、手工业、资本主义工商业的三大改造到社会主义市场经济体制的基本确立，从宜将剩勇追穷寇到建立了强大的国防军，从废除一切不平等条约到独立自主的和平外交政策，从"双百"方针到体制改革后的文化事业欣欣向荣，从扫除文盲到实施科教兴国战略建设新型国家，从翻身解放到实现小康社会，凡此种种，中国人民在每个领域无不留下发展的足迹，写就不朽的诗篇。

六十几年在历史的长河中犹如沧海一粟，但对身处其间的个人却是并非无足轻重的。其间究竟发生了些什么，怎样发生的，过程怎样，结果如何，非人人都清楚知道的。对此，亲身经历者或可鲜活如昨，但对后来者却可能只是一个概念，对某段历史的记忆影像或不存在或是模糊的。基于此，为了让年轻人，特别是青少年永远铭记共和国这段不朽的历史，我们推出了这套《共和国的历程》。

《共和国的历程》虽为故事形式，但与戏说无关，我们是想借助通俗、富于感染力的文字记录这段历史。这套丛书汇集了在共和国历史上具有深刻影响的重大历史事件。在丛书的谋篇布局上，我们尽量选取各个时代具有代表性的或深具普遍意义的若干事件加以叙述，使其能反映共和国发展的全景和脉络。为了使题目的设置不至于因大而空，我们着眼于每一重大历史事件的缘起、过程、结局、时间、地点、人物等，抓住点滴和些许小事，力求通透。

历史是复杂的，事态的发展因素也是多方面的。由于叙述者的视角、文化构成不同，对事件的认知或有不足，但这不会影响我们对整个历史事件的判断和思考，至于它能否清晰地表达出我们编辑这套书的本意，那只能交给读者去评判了。

这套丛书可谓是一部书写红色记忆的读物，它对于了解共和国的历史、中国共产党的英明领导和中国人民的伟大实践都是不可或缺的。同时，这套丛书又是一套普及性读物，既针对重点阅读人群，也适宜在全民中推广。相信它必将在我国开展的全民阅读活动中发挥大的作用，成为装备中小学图书馆、农家书屋、社区书屋、机关及企事业单位职工图书室、连队图书室等的重点选择对象。

编　者
2014 年 1 月

目录

一、 启动和谈

● 毛泽东致电金日成，开宗明义地指出："我方是此次谈判的主人，对外则以朝鲜人民军为主。"

● 毛泽东见到李克农便说："是我点了你的将，要你坐镇开城。乔冠华也去，军队也要人参加。"

● 李克农说："我们既能在战争中学习战争，在战场上打败敌人，也一定能在谈判中学会谈判，赢得谈判的成功。"

美方接受停战谈判建议

1950年10月，中国人民志愿军入朝参战，在没有海军和空军支援配合的情况下，依靠劣势的武器装备连续作战7个多月，同朝鲜人民军共歼灭"联合国军"23万余人，缴获了大批装备物资，打出了战争的有利形势，把以美国为首的"联合国军"从鸭绿江打回到了"三八线"以南。

经过反复较量，中朝联军将战线稳定在"三八线"地区，粉碎了美国占领全朝鲜的企图，迫使"联合国军"由战略进攻转入战略防御，取得了了不起的伟大胜利，奠定了抗美援朝战争最后胜利的基础。

到1951年6月，朝鲜战争已经进行了整整一年。在这一年中，美军接连遭受中朝军队的反击，伤亡惨重，已经看不到胜利的希望，再加上国际国内舆论的强大压力，美方不得不接受中国关于举行停战谈判的建议。

毛泽东敏锐地抓住了这个历史契机。6月3日，毛泽东、周恩来接见专门从朝鲜赶来的金日成，同他具体商谈停战谈判的方案。

6月5日，毛泽东致电斯大林，提出当时需要商量解决的一些问题，要求派代表前往苏联。经斯大林同意后，6月10日，金日成和中方代表同机前往苏联，面见斯大林。

在 6 月 13 日的会谈中，中国代表提出是否可以考虑以"三八线"为界开始停战谈判。

斯大林思考片刻后问道："你们现在打得很好，为什么要停战？"

斯大林接着指出：

> 害怕打下去的应当是美国人，不是我们。我了解美国人的心理，你们多打死一名美国兵，他们多往国内送回一具棺材，他们国内反对这场战争的压力也就越大，最后要停战的一定是美国人。

这时，中朝代表反复解释所遇困难的严重程度。

当时，由于双方装备优劣悬殊和朝鲜特殊的地理条件的制约，志愿军战争机器的运转受到严重限制，在作战中的困难相当严重。由于没有制空权，白天没有行动自由，作战时受到严重限制。作战和物资运输主要靠夜间进行。

中朝联军基本上是在少量炮兵支援下的步兵作战，装备落后，攻击火力弱，难以歼灭"联合国军"的重兵集团，每次战役能包围其一个或几个师，但对其一个整师甚至一个整团都很难达到歼灭。

中国代表和金日成还解释说，当"联合国军"突围

启动和谈

逃跑时，我军依靠官兵的两条腿追击，也难达到追歼的目的。在美国空军的轰炸封锁下，由于我军运输工具少，运输能力弱，因此，后勤保障严重困难，尤其物资运输和作战中的跟进保障更加困难。

与此同时，由于中国工农业基础落后，经济力量薄弱，志愿军作战中的这些困难，短时间内不可能完全解决。因此，志愿军也不可能在短时间内大量歼灭"联合国军"并解决朝鲜问题。战争的长期性充分显露出来了。

虽然中国人民在以毛泽东为主席的中国共产党和中华人民共和国中央人民政府的领导下，是可以克服这些困难的，但如果美国放弃侵略全朝鲜的企图，愿意以"三八线"为界通过谈判公平合理地解决朝鲜问题，于中国人民和朝鲜人民更有利。

和平解决朝鲜问题是中国的一贯主张，志愿军参战的目的就在于同朝鲜人民一起打击美国的侵略，保卫和平。在此之前，只是由于美国当局执意坚持继续侵略，使和平解决朝鲜问题成为不可能。

而当时，战线已稳定在"三八线"地区，美国当局调整了朝战政策，作出了愿沿"三八线"谈判停火的表示，通过和谈解决朝鲜问题的基础和可能性已经具备。

斯大林听完中朝方面的解释后，慢悠悠地说："如果你们一定想停战，那就试一试吧，也许是件好事。"

毛泽东提出和谈指导方针

1951 年 6 月 13 日，中国代表和金日成与斯大林举行会谈，就朝鲜停战谈判交换意见。

当天的会谈结束后，斯大林致电毛泽东：

> 我们认为，现在停战是件好事。

毛泽东回电在苏联的中国代表和金日成，商量具体应采取怎样的措施以争取停战。并建议：

> 现在由我们自己提出这个问题对朝鲜和对中国都是不适宜的，因为在最近两个月内朝鲜军队和中国志愿军都在采取守势。最好这样做：1. 等待敌方提出；2. 最好由苏联政府根据凯南的声明向美国政府试探停战问题。

关于停战条件，毛泽东指出：

> 恢复"三八线"；从南北朝鲜划出一条不宽的地带作为中立区，绝不允许只从北朝鲜领土中划出中立区的情况发生……至于中国进入联

启动和谈

合国的问题，我们认为，可以不提出这个问题作为条件，因为中国可以援引联合国实际上已成为侵略工具，所以中国现在不认为进入联合国的问题有特别意义。

同时，毛泽东指出：

应当考虑一下，是否值得把台湾问题作为条件提出来？为了同他们讨价还价，我们认为应当提出这个问题……在美国坚持台湾问题单独解决的情况下，我们将作出相应的让步。为了和平事业，我们首先解决朝鲜问题。

斯大林接受了毛泽东的建议，苏联代表马立克于6月23日在联合国发表题为《和平的代价》的讲话，认为朝鲜的武装冲突是可以解决的，但要做到这一点，首先是有关各方必须表现出和平解决朝鲜问题的诚意。因此他建议"第一个步骤是交战双方应谈判停火和休战，并从'三八线'撤退各自的军队"。

6月中旬，一种新的指导方针在毛泽东头脑中酝酿成熟，并及时提了出来，这就是：充分准备持久作战和准备和谈，达到结束战争。

同时，毛泽东在军事上也进一步概括出"持久作战，积极防御"的方针。即利用朝鲜的有利地形，构筑坚固的防御阵地，一面以积极防御的手段大量杀伤"联合国军"的有生力量，一面积极改善装备和加强训练，不断壮大自己的力量，改变双方力量对比，最终战胜"联合国军"，或迫使"联合国军"知难而退。

正是毛泽东提出的这些英明的战略指导方针，使得中朝军队在长达两年之久的边打边谈、又打又谈的局面中，始终牢牢地掌握着主动权。

1951年6月下旬，朝鲜停战谈判开始从"非正式摸底"，进入到"公开倡议"阶段。

6月25日，《人民日报》发表社论，表示完全支持马立克的建议。同时，杜鲁门在一次外交政策演说中表示愿意参加朝鲜问题的和平解决。

6月27日，美国驻苏大使柯克造访葛罗米柯。葛罗米柯阐明苏联的立场说，谈判必须以美军司令部和南朝鲜军队司令部为一方，中朝军队为另一方来进行，谈判只限于军事问题，首先是停火。

30日，"联合国军"总司令李奇微奉美国政府之命发表声明，表示愿意同朝鲜人民军和中国人民志愿军举行和谈。同时提议，将会谈地点设在停泊于元山港的一艘丹麦伤兵的军船上。

当天，美国参谋长联席会议将美国关于停战谈判的政策立场电告"联合国军"司令官李奇微：

1. 谈判只限于朝鲜以及军事问题，不应涉

启动和谈

及任何政治或领土问题。

2. 在被其他协定替代之前，停战协定应继续有效。

3. 应要求司令官下令停止在朝鲜的敌对及所有的武装行动；应要求在朝鲜建立非军事区……

4. 为监督停战协定的执行，应成立一个军事停战委员会，委员会应由"联合国军"与共产党军的成员对等组成……

5. 停战期间，应要求司令官下令停止向朝鲜增派空军、海军和地面武装人员……

6. 停战期间，应要求司令官下令限制在朝鲜增加战争设备和物资；但维持医疗和救济的物资不在其内，委员会将授权使用汽车、船只和飞机来运送这些物资。

7月1日，金日成和彭德怀联名复电李奇微：同意举行停战谈判。但建议将谈判地点设在"三八线"以南的开城地区。

至此，经过双方的共同努力，朝鲜战争停战谈判已水到渠成。

中朝提出三项原则性建议

1951 年 6 月 25 日，美国总统杜鲁门在田纳西州正式发表讲话，表示愿意和平解决朝鲜问题。

当时，"联合国军"总司令麦克阿瑟与杜鲁门政府的政策之争方告结束。在麦克阿瑟被解职后，美国参议院外交委员会和军事委员会联合举行了关于远东军事形势的听证会。

参谋长布雷德利在作证时说：

麦克阿瑟的战略将使我们在错误的时间、错误的地点、与错误的敌人进行一场错误的战争。

与此同时，中朝双方经过商定，提出各自的谈判政策。中国提出的停战谈判方案包括五项内容：

1. 双方同时下令停火后，双方的海陆空军在朝鲜全境停火并停止一切其他敌对行动；

2. 双方海陆空军撤离到距"三八线"10 公里处，并在"三八线"南北各 10 公里的地区建立非军事区，非军事区的民政机关恢复到 1950

启动和谈

年 6 月 25 日以前的形式；

3. 双方停止从外部运送装备、部队和补给（包括海陆空军的运送）到朝鲜，以及运送到接近朝鲜的前沿地区；

4. 建立中立国监察委员会，监督以上条款的执行，该委员会成员应来自未参加朝鲜战争的国家，由交战双方对等提出；

5. 在禁止军事行动的 4 个月内，分批办理相互交换战俘的全部事宜。

考虑到"遣返难民"问题较为难办，南北朝鲜很可能就此问题产生分歧，发生无休止的争吵，以至影响到其他重要问题的解决。所以中方建议把难民问题交由国际性会议讨论解决。

另外，中方还准备在与苏联商议之后，酌情提出"所有外国军队，包括中国人民志愿军，在规定时间内分批撤出朝鲜半岛的谈判内容"。

对于中方的方案，苏联同意前两点，但建议删去第三点的后半部分，反对列入第四点，主张把第四点作为针对美国方案的反建议；同时对中方特别提请苏联考虑的最后两点，苏联认为应该在谈判中提出并坚持到底。

朝鲜方面提出关于停战谈判的政策方针为：

一、建议由朝鲜人民军参谋长南日、外务

副相朴东祚和中国人民志愿军代表共3人组成朝鲜民主主义人民共和国代表团。

二、提出包括六项内容的停战谈判方案提交苏联：

1. 停火和停止战斗行动的时间；

2. 敌对双方各自从"三八线"以南、以北撤退5~10公里；

3. 从停火时刻起，禁止飞跃或穿过"三八线"；

4. 从朝鲜领海撤退海军，解除封锁；

5. 在两个月内从朝鲜撤出所有外国军队；

6. 交换战俘和遣返被驱赶的难民。

6月30日，李奇微奉命发表致中朝军队司令官的广播讲话，正式建议停火谈判。

7月1日，李奇微指定"联合国军"方面的停战谈判代表团，拟定8项有关停战谈判的条款：

1. 通过谈判议程；

2. 限定谈判范围，所有谈判过程都限制在与朝鲜有关的纯粹军事事项上；

3. 为避免在一个不确定的时期内重新引发敌对和在朝鲜的武力行动，谈判应终止在朝鲜的敌对或武装行动；

4. 确定贯穿朝鲜的非军事区；

5. 确定军事委员会的组成、职权和功能；

6. 在军事委员会之下组成军事观察组，确定其在朝鲜不受限制的监督权利的原则；

7. 军事观察组的组成及其职权；

8. 关于战俘问题的协定。

后来又增加"设置由国际红十字会代表组成的委员会访问战俘营"这项内容。

中朝方面对美国提出的停火建议立即做出积极反应。7月1日，中朝军队指挥员发表声明同意美方建议。

7月4日，中共中央向志愿军总部发出关于谈判细则的指示电报，并派李克农、乔冠华协助谈判。

7月5日，中朝双方就《关于停止朝鲜军事行动的协议（草案）》达成一致。协议规定，从10日开始，双方代表在朝鲜开城的来凤庄正式谈判。

中朝双方达成协议，对外由朝鲜人民军代表中朝军队，实际的谈判业务由中国人民志愿军主导，并提出3项原则性建议作为谈判基础：

1. 在相互协议的基础上，双方同时下令停止一切敌对行动。

2. 确定"三八线"为军事分界线，双方武装部队同时撤离"三八线"10公里，并立即进行交换战俘的谈判。

　　3. 在尽可能短的时间里，撤退一切外国军队。

　　只有撤退外国军队，朝鲜战争的停战与朝鲜问题的和平解决，才有基本保障。

金日成认为难民问题列入谈判议程将不利于中朝方面，所以将原方案中的"遣返难民"一条删去了。

马立克的停战建议没有涉及台湾以及中国在联合国的代表权问题。

葛罗米柯又对柯克强调：停战谈判"应严格地限于军事问题"，所以对于新中国来说极为重要的政治外交问题一开始就被排除在谈判议题之外，解决这些问题的时机也失去了。

但是，中方努力地争取到以谈判方式解决朝鲜问题，推动了世界局势走向和平。

启动和谈

点将决定和平谈判代表

1951 年 6 月底，朝鲜停战谈判即将开始。中央领导人早已料定，即将到来的这场谈判不同寻常，其激烈程度绝不会亚于战场上的殊死拼杀。

周恩来亲自点将，对谈判指导细致入微。毛泽东在与周恩来商议后决定，由志愿军副司令员邓华、参谋长解方作为彭德怀的代表，出席谈判会议。

同时决定，从国内派外交部副部长兼中央军委情报部部长李克农，率停战谈判工作组立即赴朝，协助指导谈判工作。

并选派了一位对国际问题颇有研究且文思敏捷、才华横溢，时任外交部政策委员会副主任委员兼国际新闻局局长的乔冠华，作为李克农的主要助手，一同前往。

李克农，安徽巢县人。其祖父祖籍福建渡东，后由于种种原因，乔迁至安徽巢县，属陇西李氏第四十代子弟。

李克农于 1926 年加入中国共产党。1928 年到上海，在中共中央特科领导下从事秘密工作。1931 年冬到中央革命根据地，任中华苏维埃临时中央政府国家政治保卫局执行部部长，中国工农红军第一方面军政治保卫局局长、红军工作部部长。后来参加长征，到陕北后，李克农任中共中央联络局局长。

卢沟桥抗战爆发后，李克农任八路军、新四军驻上海、南京、桂林办事处处长、八路军总部秘书长、中共中央长江局秘书长。

从1941年起，李克农任中共中央社会部副部长。抗日战争胜利后，任北平军事调处执行部中国共产党方面秘书长。后主持中共中央社会部的工作。

中华人民共和国成立后，李克农任外交部副部长、中共中央军事委员会情报部部长。

李克农是一位在中国现代史上富有传奇色彩的解放军上将。李克农从1928年起就一直在周恩来的直接领导下工作，长期的革命生涯、独特的个人素质，使李克农成为一名既富于献身革命的精神，又擅长斗争艺术的特殊人才。

李克农作为周恩来的重要助手，在新中国成立后，一方面在中共中央军事委员会担任情报部部长，另一方面同时兼任政务院外交部第一副部长，直接协助周恩来处理各项外交事务。

根据以往的表现，周恩来认为，像李克农这样既能坚定不移地执行中央的指示，又有丰富的谈判经验的同志，来领导这次谈判是完全胜任的。

至于谈判人员的安排，周恩来也有考虑。他认为，李克农作为停战谈判的总代表，不可能事无巨细，样样都抓，而只要管基本的大政方针、原则问题，具体问题

启动和谈

则需要其他同志协助。所以，他又选了自己非常熟悉的、对国际问题钻研精到的乔冠华。

乔冠华是江苏盐城建湖县庆丰镇东乔村人，他早年留学德国，获哲学博士学位。抗日战争时期，主要从事新闻工作，撰写国际评论文章。1942 年秋到重庆《新华日报》主持《国际专栏》，直至抗战胜利。

1946 年初，乔冠华随周恩来到上海，参加中共代表团的工作，同年底赴香港，担任新华社香港分社社长。中华人民共和国成立后，乔冠华任外交部外交政策委员会副主任。

就在朝鲜战争爆发后不久的1950 年 10 月，乔冠华作为顾问，陪同中华人民共和国特派代表伍修权出席联合国安理会，控诉美国对中国领土台湾的武装侵略。

当时，按照周恩来的设想，整个谈判人员最好能够分为三线：第一线由李克农负责，对外严格保密，李克农作为谈判代表团的总领导，负责整个工作；同时，在谈判中还直接与周恩来联系。

在谈判过程中，凡重大问题需上报周恩来转毛泽东、中央政治局其他委员和中央军委领导，然后根据中央的指示决定具体谈判的细节。

李克农还必须和彭德怀直接联系，及时了解战场上的情况，以便配合。

乔冠华则作为李克农的助手坐镇第二线，他根据李克农的指示和由李克农转达的中央指示来撰拟每天谈判的发言稿、备忘录等，同时，起草向中央的请示与报告。

第三线由朝鲜人民军和中国人民志愿军派出，因为他们对朝鲜战争进行的情况比较熟悉，而且作为作战人员，公开出面比较合适。

周恩来将这个设想反复考虑，认为成熟以后，便上报毛泽东，并很快得到批准。

7月4日，毛泽东致电金日成，开宗明义地指出：

我方是此次谈判的主人，对外则以朝鲜人
民军为主。

同时，还亲自指派柴成文为中国人民志愿军联络官，并要金日成指派一名人民军军官以"上校名义"任首席联络官，另指派一名军官以"中校名义"为联络官。

当天，金日成即指定人民军司令部动员局局长张平山少将，以上校名义为中朝方面首席联络官，另派金一波为中校联络官。

很快，在与朝方商定后，朝中谈判代表团的名单便确定了下来：

启动和谈

中方代表为中国人民志愿军副司令员邓华、参谋长解方；朝方代表为朝鲜人民军总参谋长南日、李相朝、张平山。

与此同时，为了加强对朝中谈判代表团的统一领导，毛泽东在征得金日成的同意后，组成了一个由李克农、乔冠华和朝中谈判代表参加的小组会议，由李克农主持。

就这样，李克农作为中共中央和中国政府的特派代表，实际上成为朝中代表团的总指挥和最高负责人。

在此前后，"联合国军"方面的代表名单也确定下来：首席代表是美国远东海军司令特纳·乔埃中将。代表团成员包括：美国远东海军副参谋长奥尔林·勃克少将，美国远国空军副司令劳伦斯·克雷奇少将，美国第八集团军副参谋长亨利·霍治少将，以及南朝鲜军第一军团军团长白善烨少将。

谈判双方同意在开城会晤

1951 年 6 月底，外交部副部长李克农和乔冠华接受周恩来的指示，准备前往朝鲜参加停战谈判。

在当时，在中朝方面的努力下，美国政府经过反复研究，由参谋长联席会议给李奇微发出关于停战谈判的指示。指示规定：

> 我们在这次停战中的基本军事利益在于停止在朝鲜的敌对行动，确保不再发生战事，并保证"联合国军"的安全。

这个指示让中朝方面看到了和平的曙光。

谈判的各项事宜确定下来之后，毛泽东决定在自己的办公室召见李克农和乔冠华二人。

7 月初的一个晚上，凉爽宜人。李克农和乔冠华驱车来到中南海内的毛泽东寓所，毛泽东在自己的菊香书屋以爽朗的笑声迎接这两位即将奔赴前线的部下。

启动和谈

毛泽东见到李克农便说：

> 是我点了你的将，要你坐镇开城。乔冠华也去，军队也要人参加。

毛泽东鼓励李克农和乔冠华，要对谈判有信心，前提是要做好各项准备，所谓知己知彼，百战不殆。

李克农和乔冠华表示，坚决完成任务。

接着，毛泽东就他们赴朝参加停战谈判问题进行长时间谈话。要求他们立即组织一个精干的工作班子，进行各项准备。

由于此次谈判不同寻常，对手是当今世界上头号帝国主义国家美国，而且对方还披有联合国的外衣，因此朝鲜谈判绝非两国或几个国家的事情，而是几十个国家的事情。谈判桌上的一言一行必须慎之又慎，一招不慎，就可能会引起意想不到的后果。

因此，虽然当时周恩来日理万机，但从苏联的马立克信号发出的时候起，他就注意着各方面的反应，思考着将来参加谈判的策略。

接受命令以后，李克农和乔冠华立即组建前往朝鲜谈判的班子。

这个班子人才济济，其中有美国哈佛大学毕业的经济学博士浦山，新华通讯社的丁明、沈建图等人。

浦山是经济学家，江苏无锡人，1923 年 11 月 27 日生于北京，1941 年赴美国留学，1943 年毕业了美国密歇根大学经济系。

1948 年，浦山获哈佛大学经济学博士学位。留学美国期间，他参加了当地的进步活动，并于 1945 年加入美国共产党。1949 年秋经董必武批准转入中国共产党。

浦山曾任美国卡尔登大学、密歇根大学副教授。1949 年回国后，任外交部情报司副科长。

谈判代表除选调人员配备电台外，还专门选调了几个人员，携带两部可以接收世界各大通讯社新闻的收报机，以便了解各方面的反应。

另外，谈判代表请志愿军总部派出一个参谋班子前往开城，使谈判班子能够及时了解战场情况的变化。

接着，中方于 7 月 1 日通过朝鲜人民军最高司令官金日成和中国人民志愿军司令员彭德怀致电美方说："可以谈判，我们的代表准备于 7 月 10 日至 15 日同你们的代表会晤，地点在双方接触线的开城。"

美军也同意在开城，而且说代表团将乘车来开城，车上带个大白旗。从美方的态度完全可以看出，谈判的时机到来了。

当时，李克农满怀信心地对大家说：

> 我相信，我们共产党人外交方面的才能绝不低于敌人。我们既能在战争中学习战争，在战场上打败敌人，也一定能在谈判中学会谈判，赢得谈判的成功。

对于谈判的各项事宜，如会场的选择、布置、警戒等等，中方事先都做好了准备。

周恩来对谈判工作作出指示

1951 年 7 月初，中国代表团在临行前，周恩来对谈判工作作出全面的指示，并且引用一句古语作总结：

行于所当行，止于所不可不止。

"行于所当行，止于所不可不止"这句话，周恩来引用过多次。这是北宋大文豪苏轼的名言。

苏轼在《答谢民师书》中评价谢民师的文章时说：

所示书教及诗赋杂文，观之熟矣。大略如行云流水，初无定质，但常行于所当行，常止于所不可不止，文理自然，姿态横生。

苏轼此语的本意，是称赞谢民师的文章在该铺陈的地方浓墨重彩，大笔挥洒，在该简略的地方则惜墨如金，适可而止，全文如行云流水、酣畅淋漓。

周恩来引用这句话，是要借此说明外交工作要围绕国家利益和总体目标，审时度势，当行则行、当止则止，以争取主动，做到游刃有余。

当行则行、当止则止，是周恩来一贯的外交风格和奉行的外交策略，也是他决策艺术的深刻体现。所谓当行则行，就是在条件许可的情况下，一切可以有所作为的地方都要尽力去做、充分做足，以最大限度维护国家的利益。

所谓当止则止，就是在外交活动中当双方出现分歧和矛盾而又一时难以解决时，要善于根据现实形势审时度势、适可而止，有时求大同存小异，有时求同立异，总之是要取得双方都满意的结果。

7月2日，在朝鲜的志愿军总部收到毛泽东从北京发出的电报：

> 李克农、乔冠华及其他助手将来朝鲜参加停战谈判，于7月2日22时由北京乘火车去安东，7月4日傍晚由安东去平壤，大约5日早上或晚上，可到金日成同志处，请朝鲜方面派人到适当地点去接洽。

随后，李克农与乔冠华一行乘坐当年慈禧太后的专用"御辇"火车包厢出发了。到达安东后，随即乘吉普车过鸭绿江。

7月5日上午，中国代表团到达平壤，在中国驻朝鲜大使倪志亮和政务参赞柴成文陪同下，李克农、乔冠华会见金日成首相，双方商量中朝代表团的组成。

李克农、乔冠华与金日成就有关问题进行交谈。经

启动和谈

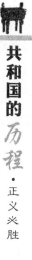

与朝鲜方面协商，李克农为中朝代表团团长，乔冠华协助其工作，两人都不对外公布身份，为安全起见，大家都称李克农为"队长"，称乔冠华为"指导员"。

对外公布的名单则是：

> 朝鲜人民军第二军团长南日将军，朝鲜人民军前方司令部参谋长李相朝将军，中国人民志愿军副司令员邓华将军，中国人民志愿军参谋长解方将军，朝鲜人民军第一军团参谋长张平山将军。

7月7日凌晨，中朝代表团成员及其联络官等相关人员，纷纷抵达开城。之后，他们便与朝鲜当地党政组织一道，选择谈判地址、双方代表团驻地和休息位置。

最后，确定将市区西北约两公里的来凤庄，作为谈判地点。

7月10日，朝鲜停战谈判将正式开始。

其实，中朝在积极准备谈判的同时，在战场上也没有丝毫松懈。

当时，《人民日报》发表题为《为和平解决朝鲜问题而奋斗》的文章。文章说，全世界人民强烈要求在公平合理的基础上，首先实现朝鲜境内的停火与休战，作为解决世界上"目前最尖锐的问题"的第一步，并由此而打开和平解决远东其他问题的道路。

文章接着说：

中国人民是爱好和平的，并且一直为朝鲜问题的和平解决而斗争。现在，作为和平解决朝鲜问题第一步的朝鲜的停战既已有了可能；那么，就让我们首先为实现停战的这一个步骤而严肃地奋斗吧。

这篇文章同时指出：

当然必须严重地注意：停火和停战目前还不是事实，目前的事实还是战争。停火和停战是否能实现，决定于双方代表的谈判。在停火和停战真正实现以前，在朝鲜前线作战的一切中朝军队必须严阵以待，防止敌人的可能的乘机袭击，这一点是极端重要的，决不能松懈。

至 1951 年 6 月 6 日结束战役时，美军和南朝鲜军控制了"三八线"以北的部分地区。这是一次成果不理想的大规模战役反击战。毛泽东后来总结说，这次战役打得"急了一些"、"大了一些"、"远了一些"。

启动和谈

通过组织的 5 次战役，朝鲜战场上双方对彼此的实力和战局的可能发展都有了一个比较现实的估计。美国已经意识到，由于中国的参战，美国原先确定的"统一

朝鲜"的目标是不可能实现了。

中朝方面也开始认识到，在现代战争中，物质技术条件对决定战争胜负起着更大的作用，在武器装备方面处于劣势、运输补给困难、综合国力悬殊的情况下，战争进展将十分困难。

当时，中国在连年战祸后又紧接着进行抗美援朝，无法集中精力进行经济建设，人民勒紧裤带，节衣缩食，支援战争，但这种局面是不能持久的。

中国领导人的估计本来就是，这个战争只能打个平手。朝鲜国土已成一片废墟，男性公民都参了军，加之1951年的洪灾，人民的生活十分困苦。

双方都已认识到，继续打下去除了遭到更大的伤亡，不会再取得多少好处。这样，朝鲜问题政治解决的条件成熟了。

二、 边打边谈

● 毛泽东建议："为了使谈判取得进展，可以同意不将撤退外国军队列入此次会议的议程之内。"

● 毛泽东回电一再指示："应不管敌人企图如何，仍坚持按照程序，首先解决以'三八线'为双方军事分界的问题……"

● 彭德怀说："我们决不能指望敌人放下武器，立地成佛。要立足于打，以打促谈。"

李克农检查谈判准备工作

1951 年 7 月 6 日早晨，李克农到达朝鲜后的第一天，便见到了金日成。

朝鲜人民军指挥所在离平壤东北大约 50 公里的地方。

这里树木葱翠，幽静凉爽，隐蔽安全。

金日成操着一口流利的中国话，和李克农一见面就十分亲热。

当时，金日成已收到了毛泽东发给他的电报。

1951 年 7 月 4 日，毛泽东给金日成的电报第一句话就是："我方是此次谈判的主人。"

而李克农是主持这次停战谈判的实际负责人，因此，金日成是把李克农当作贵宾来接待的。

金日成和李克农由于工作上和历史上的原因，来往甚密，私交也不错。

李克农和夫人赵瑛曾有一张身穿朝鲜民族服装的合影，这是在开城驻地拍摄的。那身做工考究的朝鲜服装，正是金日成送给李克农夫妇的礼物。

后来朝鲜停战谈判结束，李克农回到了北京。

金日成每次到北京便要问到李克农，有时自己没有时间会见，便派人送去朝鲜泡菜到李克农家，他连李克农喜欢吃又酸又辣的朝鲜泡菜这一点都很清楚。

停战谈判的首次正式接触是联络官会议，时间定在7月8日9时，地点在开城市区西北约两公里的高丽里广文洞来凤庄。

美方通知说，他们的谈判人员将乘直升机来。朝方则选择安全地带，让直升机降落，并摆上红色的"T"字布标和英文"欢迎"二字缩写"WC"的大幅标语。

可是，当时交战双方并无礼尚往来，如何不失身份又及时准确有礼貌地通知对方呢？

乔冠华灵机一动，要新华社记者写篇报道，在报刊发表，让对方知晓，顺利地解决了这个问题。

这次的谈判地点和代表团驻地都设在来凤庄。

来凤庄在开城的西北部，是一家富豪的宅地。主房坐北朝南，房前有一个用天然石块砌成的花坛，中间栽着一株经过精心栽培的苍翠古松，周围是一些其他木本花草，环境十分幽美。

这座宅子的大门是个过厅，进去是3间正厅，里面西边的屏风已经破旧不堪。撤掉后，室内可以摆下一张长桌，供双方代表团南北对坐，后边还可各摆一排稍窄的长桌，供各方参谋助理人员就座。

来凤庄的西南面，靠抬岳山边有几间民房，再靠西南还有一幢别墅式的平房，作为志愿军代表团的驻地。

会场、住处落实后，乔冠华与李克农、邓华、南日、李相朝等人随即赶至来凤庄，住进联络官为他们准备好

边打边谈

的住房。

乔冠华单独住一个小院，院内有株凌霄花，他便自称"凌霄馆主"。

"联合国军"的飞机经常轰炸开城中立区志愿军代表驻地，乔冠华多次转移隐蔽，几次遭险，但也仍泰然处之。

中国代表团深知，这次停战谈判事关重大，丝毫马虎不得。

因此，乔冠华住下后，立即与李克农等人对准备工作进行检查，直到认为满意为止，有时忙碌完毕后已经到深夜了。

这样，朝鲜停战谈判中朝代表团正式开始运作。

平时鲜为人知的来凤庄，一时名声大噪，成为世人瞩目的地方。

7月8日上午，双方在来凤庄举行了首次联络官会议。从此，小小的来凤庄名声大震，停战谈判的消息从这里传向四面八方，从前朝鲜无人知的一个小村庄，开始在世界地图上有了它的坐标。

这次会议确定正式谈判的第一次会议的时间为7月10日上午10时，在开城来凤庄举行。

会议地点的安全及对方代表团进入我方控制区的安全，均由朝中方面负责。

联络官会议之后，中朝代表团为正式谈判第一次会议进行周到的准备工作。

当天晚上，李克农和乔冠华再次检查工作时，发现一件事先没有想到的事情，即双方正式代表见面时要互验证书，这是国际会议常规中必不可少的形式。

双方代表第一次见面时，把"全权证书"交给对方看一看，再收回来，以示郑重。

第二天上午就要正式开始谈判，证书立马就要。

李克农和乔冠华着急起来，这时，朝鲜方面果断表示，立即派人驾车到平壤请金日成签字。

但中方代表包括中朝两国的人员，仅仅有金日成将军的签字还不够，还必须有彭德怀司令员的签字。但是，仅仅一个晚上时间，先到平壤，再到彭德怀处，时间无论如何也不够用，在这种情况下，李克农毫不犹豫地提出：

> 只要金首相签了字就有效，彭老总的字由
> 我代签，事后汇报。

这样，"全权证书"的难题方迎刃而解。

7月9日，停战谈判正式开始的前一天，毛泽东还在仔细审阅南日、邓华在首次会议上的发言稿。在给李克农并告金日成、彭德怀的电报中说：

> 南日、邓华两个发言稿均可用。唯南日稿
> 内称"愿意接受苏联驻联合国代表马立克先生

边打边谈

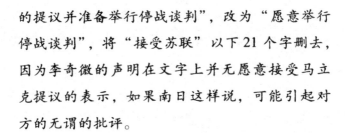

的提议并准备举行停战谈判"，改为"愿意举行停战谈判"，将"接受苏联"以下21个字删去，因为李奇微的声明在文字上并无愿意接受马立克提议的表示，如果南日这样说，可能引起对方的无谓的批评。

7月10日，举世瞩目的朝鲜停战谈判将正式开始。

中朝代表提出三条建议

1951 年 7 月 10 日上午 10 时，在全世界舆论的关注下，朝鲜战争停战谈判在开城来凤庄一间长 18 米、宽 15 米的厅堂里正式举行。国际上许多报刊、电台都突出地报道了这一惊人的消息。

谈判要解决哪些具体问题，首先需要双方达成一个关于议程的协议。

中朝代表团一开始就表明通过谈判解决问题的诚意，南日在谈判开始的第一次双方代表团大会上，提出建议：

> 双方在协议的基础上停止敌对行动，以构成实现朝鲜全面停战的第一步；
>
> 确定以"三八线"为军事分界线，双方军队同时撤离"三八线"，以建立非军事区，与此同时进行交换俘虏的谈判；
>
> 在尽可能短的时间内撤退一切外国军队，以保障朝鲜问题的和平解决。

边打边谈

美方拒绝将"从朝鲜撤出一切外国军队"列入议程，提出讨论范围仅限于朝鲜境内的军事问题。

同时，双方都认为，既然彼此都不愿意再打下去，

所以可能很快就会达成协议。

在整个谈判过程中，毛泽东与斯大林之间电报频繁往来，协商有关谈判的策略方针，毛泽东还向斯大林提出：

如果谈判开始，最好您亲自领导他们，以免出现不利的局面。

但斯大林明确表示：

这是不可想象的和没有必要的。毛泽东同志应该指挥谈判。我们最多可以对某些问题提出建议。

最终，毛泽东拟定停战谈判方案：

1. 双方同时发布命令，停止军事行动；

2. 双方军事力量从"三八线"各自后撤10公里，建立非军事区；

3. 双方停止从外部向朝鲜的一切军事调动；

4. 停止军事行动后的3个月内分批交换全部战俘；

5. 所有外国军队3个月内全部分批撤离朝鲜；

6. 南北朝鲜难民应在 4 个月内返回原来的居住区。

由此可见，中方在停战条件上已做出重大让步，放弃曾经最为关心的在联合国的合法席位和台湾问题，仅把外国军队限期撤出朝鲜和以"三八线"为界恢复到 1950 年 6 月 25 日以前的状态作为重要条件。

但美国和南朝鲜方面因在"三八线"以北所占地域的面积多于中朝在"三八线"以南所占地域，又自恃占有海空优势。所以他们不同意以"三八线"为界，提出"海空补偿论"，要求中朝军队从实际控制线后撤。

接着，中朝代表团以三条建议为基础，提出谈判议程的方案：

1. 通过议程；
2. 以"三八线"为军事分界线并建立非军事地区问题；
3. 从朝鲜境内撤出外国军队问题；
4. 在朝鲜境内实现停火与休战的具体安排问题；
5. 关于战俘的安排问题。

边打边谈

美方代表团也提出包括有 9 项内容的议程方案，然而，不分主次，次序混乱，并且有的与此次谈判毫无关

系。因而，当朝中代表团指出其方案的不合理性后，他们稍作辩解，就将其所提9条改为4条，但以"撤退外国军队"问题属政治问题，不属这次谈判的范围，和在议程中只提一般性的而不是具体的分界线为借口，拒绝将朝中方面所提的撤退外国军队和以"三八线"为军事分界线问题列入议程。美方代表态度蛮横、语言粗鲁，表现得既不讲理，也无礼貌。

中朝代表团表现出极大的克制和耐心，为了表示诚意，以早日达成议程协议，进入实质性的谈判，中朝代表团在这两个问题上做了让步，同意在议程中只提一般的军事分界线，而不提具体的线，留待具体讨论这一议程时再提。

7月11日，毛泽东致电李克农，明确表示："撤兵一条必须坚持。"这样，撤兵问题便成了谈判双方争论的焦点。

同时，毛泽东在由周恩来起草的这份电报中还加写道，我们提出撤军一条是有充分理由的，因为"各国派兵到朝鲜是来作战的，不是来旅行的。为什么停战会议有权讨论停战，却无权讨论撤兵呢？显然这种理由是不能成立的。因此，我方坚持会议既然有权讨论停战，也就有权讨论撤兵"。

经过几天的激烈辩论，"联合国军"代表显得有些理屈词穷。李奇微甚至允许美方的代表乔埃用粗鲁的语言进行辩论，说"只要乔埃说得出，就尽管粗鲁"。

7月19日的谈判结束后，李克农电报毛泽东、金日成等，详细生动地描述了当天的谈判情况。电文说：谈判中，美方"局促无辞，窘态毕露……对方至无法答复时，以抽烟遮掩，并频频搔首，作无可奈何状。会中我名正言顺，理直气壮，对方完全陷于被动"。

但美国政府并不愿意承担谈判破裂的责任。当谈判陷入僵局时，7月20日，美国对其谈判代表发出指令，准备做出一点让步，即"在不给予对方任何承诺的范围内……可以同意在将来的某个时间讨论相互缩减军队的问题"。

23日，毛泽东、周恩来根据几天来的谈判情况，以及美方态度的最新变化，就撤军问题提出了新的方针，即"从朝鲜撤退外国军队问题，可以同意留待停战后的另一个会议解决"。

但是我方代表在25日的谈判中提出，另外增加一项议程："其他有关停战问题。"目的就在于，在增加的这项议程中，建议停战后"召开双方高一级代表会议，协商从朝鲜分期撤退一切外国军队问题"。

中朝方面的这一建议，为使谈判尽快进入实质性阶段打开了通道。

边打边谈

双方就谈判议程达成协议

1951 年 7 月 10 日，双方代表在朝鲜开城的来凤庄谈判中，由于分歧很大，所以仅仅关于议程的谈判就历经半个月之久。

当时，不从朝鲜撤军是美国的既定方针。艾奇逊、马歇尔分别于 7 月 19 日和 24 日发表声明，断言撤退外国军队是一个政治问题，不拟由商谈停战的司令官进行讨论，而只能由联合国与各有关国家政府加以解决，并表示，"联合国军"将继续留在朝鲜半岛，"直到真正的和平建立为止"。

7 月 19 日，参谋长联席会议指示李奇微，决不能承诺从朝鲜撤军，如谈判因此而破裂，美国政府可望得到国内和盟国的全力支持。

在谈判双方为外国军队撤出朝鲜问题反复争论而相持不下时，毛泽东于 7 月 15 日致电斯大林，认为尽管在战略全局上需要坚持"三八线"和外国军队撤出的停战谈判条件，但"在从根本上讨论这些问题时，需要解决'三八线'问题，至于外国军队撤出朝鲜，这可在一个单独阶段实施"。

7 月 20 日，毛泽东再次就外国军队撤出朝鲜问题致电斯大林指出：

敌人希望停止朝鲜的军事行动，目的在于在战争中避免进一步伤亡和拖延时间。关于其他问题，包括外国军队撤出朝鲜问题，敌人希望继续维持目前的紧张局势，以便更好地在国内强行动员和在国外进行扩张。

毛泽东还指出：

我们的武装力量在今天只能将敌人赶出北朝鲜，还不足以把敌人赶出南朝鲜。如果战争拖延下来，敌人可以受到更大的损失，而我们自己在财政上也会受到很大冲击，并且那时我们也很难进行国防建设。

……

如果时间拖延，例如6至8个月，我们可能会把敌人赶出南朝鲜，但是在这种情况下，我们仍会付出很大代价。

因此，毛泽东建议：

最好是不要提出把外国军队撤退问题作为停止军事行动的必要条件，这样做要比用长期军事行动的手段来解决这一问题好……双方从

边打边谈

"三八线"撤军是和平解决朝鲜问题的第一步，而外国军队撤退问题可以在停止军事行动之后进行讨论。

苏联方面对毛泽东的意见表示同意。

当时，中朝方面大出美方意料做出重大让步，放弃在议程中讨论撤出外国军队的要求。

7月23日，毛泽东致电李克农并告金日成、彭德怀，他在电文中建议：

> 为了使谈判取得进展，可以同意不将撤退外国军队列入此次会议的议程之内。今后的谈判应以争取从"三八线"上撤兵停战为中心，来实现和平解决朝鲜问题的第一步。

朝中方面在驳斥美方无理要求的同时，为推动谈判顺利进行，采取灵活态度，至7月26日，双方才就议程问题艰难地达成了协议。

这个协议是在朝中代表团所提方案的基础上形成的，内容包括：

1. 通过议程。
2. 确定军事分界线以建立非军事区。
3. 实现停火休战的具体安排。

4. 关于战俘的安排问题。

5. 向双方有关各国政府建议事项。

　　这些议题的设定证明，美国把谈判严格限定在军事方面，排除政治性议题的意图得到了实现。

　　而中朝方面原来认为最重要的问题是外国军队从朝鲜全部撤出和划定军事分界线，但达成一致的 5 项议题中并未包括外国军队撤出的问题，说明中朝为了使停战谈判不至于因为这一问题而夭折，做出了重大的让步，同意把这一问题留到停战以后再讨论。

美方蛮横使谈判陷入僵局

1951 年 7 月 27 日，朝鲜停战谈判正式进入实质性谈判阶段。但是，谈判刚刚进入第二项议程，即"确定双方军事分界线"时，再次陷入僵局。

由于双方都力图使军事分界线的划定有利于本军，所以彼此立场相差过大。考虑到对方的最终目的是要在当前战线所在地区停止军事行动，金日成表示：

只要双方军队各自后撤 10 公里，可以暂时放弃这一要求。

朝中方面首席代表南日抱着解决问题的诚意，提出以"三八线"为军事分界线，双方同时后撤 10 公里，以建立非军事区。

但美方却以"海空优势要在陆地分界线上得到补偿"为借口，拒绝朝中方面的合理建议，并蛮横地要朝中方面单方面退出"三八线"以北的 1.2 万多平方公里的土地，企图将军事分界线划到"实际接触线"以北，深入到朝中方面地区 20 公里乃至 60 公里不等的地方。

中朝方面显然不能同意这一要求。毛泽东回电一再指示：

应不管敌人企图如何，仍坚持按照程序，首先解决以"三八线"为双方军事分界的问题……如果僵持久了，敌人以原有阵地以北作为分界的提议公布出去，极大可能会引起世界多数舆论的惊异和责难。

　　当美方的这一荒谬透顶的强盗式提案，遭到朝中方面代表的据理驳斥后，他们竟气急败坏地以武力相威胁，并发出"那就让炸弹、大炮和机关枪去辩论吧"的战争叫嚣。

　　为不使正式谈判因双方争论激烈而破裂，志愿军副司令邓华和谈判代表团提出：

　　　　最好考虑在当前战线所在地区停止军事行动的问题，不再为"三八线"而进行斗争。

　　但斯大林反对做出这样的让步，他强调说：

　　　　是美国人更愿意继续谈判，而不是我们；如果首先让步，是示弱的表现，将会被美国人认为是中朝方面更需要签订停止协议，没有任何好处。

边打边谈

斯大林的意见使中朝方面在谈判中的立场更加强硬，最后双方同意各出 5 名代表组成小型的专门委员会，以圆桌方式讨论具体的细节问题。但因美军飞机轰炸非军事区和谈判场所，使停战谈判从 1951 年 8 月 23 日开始被迫中断。

随后，美国和南朝鲜联军在 8 月 18 日到 10 月 22 日间，向中朝军队连续发动大规模的"夏季攻势"和"秋季攻势"，企图以武力夺取他们在谈判桌上得不到的地盘。

同时，他们在中立区内也频频制造事端，并轰炸中朝代表团的驻地，致使双方谈判陷入十分危险的局势。

然而，形势的发展并不依侵略者的意志为转移。在当时朝鲜北部暴发特大洪水、农田被毁坏、道路被冲断、许多工事和战备仓库被严重破坏，中朝军队的作战调动和物资补充遇到前所未有的严重困难的情况下，中朝军队并肩战斗，克服困难，不怕牺牲，联合抗击侵略者，终于粉碎了美国和南朝鲜联军的夏秋局部攻势！

李克农、乔冠华从北京出发时，正值盛夏，原以为停战谈判只需一两个月，所以大家都未带棉衣。到 9 月后，朝鲜的天气转凉，乔冠华着急了，他提笔给外交部办公厅主任王炳南写一封催办信：

炳南仁兄左右：

开城秋深矣，冬装犹未至，东北在咫尺，

奈何非其事？既派特使来，何以不考虑？吾人忍饥寒，公等等闲视，口惠实不至，难道唯物论，堕落竟如此？

日日李奇微，夜夜乔埃事，虽然无结果，抗议复抗议，苦哉新闻组，鸡鸣听消息。嗟我秘书处，一夜三坐起。还有联络官，奔波板门店，直升飞机至，趋前握手见。又有新闻记，日日得放屁，放屁如不臭，大家不满意。记录虽闲了，抄写亦不易，如果错一字，误了国家事。警卫更辛苦，跟来又跟去，万一有差错，脑壳就落地。

千万辛苦事，一一都过去。究竟为谁忙，四点七五亿，遥念周总理，常怀毛主席，寄语有心人，应把冬衣寄。

一场举世瞩目的停战谈判，被乔冠华以打油诗形式写出，诉尽了中国代表团的甘苦，乔冠华的风流才情于此可见一斑。

边打边谈

中方揭露美方蓄意拖延阴谋

1951 年 8 月，面对美方所奉行的欺骗、讹诈策略，中方予以了揭露和反击。

8 月 11 日，《人民日报》发表题为《评朝鲜停战谈判》的文章。文章指出：

> 美国代表在谈判中的拖延政策，很像只是为着躲过雨季，以免受到反攻和准备新的进攻。但是更重要的原因，却不在这一方面。更重要的原因，是美国政府认为必须保持紧张状态，才便于在这次的将于 9 月中闭会的国会中通过 665 亿美元的军事预算案，增税 100 亿美元的法案……美国政府恐惧和平。

当时，美联社记者勃雷德萧在东京解释美国的僵局政策时说：

> 他们想要充分利用他们的优势，同时又不愿意在宣传战线上遭到失败。他们不愿结束战争，如果停火对共方有利的话。

和美国相反，中国人民和朝鲜人民是愿意和平的，所以希望谈判能够在公平合理的基础上，迅速达到停战的结果。

　　就在停战谈判中断前夕，中立区又发生了一起美军袭击我方军事警察的事件，引起了中朝人民的公愤。

　　1951 年 8 月 19 日晨，为了保证朝鲜停战谈判顺利举行，中方军事警察 9 人，在排长姚庆祥率领下沿板门店西南面松谷里以北高地向东巡逻。

　　当他们一行走到中立区的松谷里附近时，突然遭到埋伏在此的 30 多名南朝鲜武装人员的袭击，排长姚庆祥当场倒在了血泊中。

　　中方对此提出强烈抗议，并在志愿军代表驻地为姚庆祥烈士举行追悼大会。姚庆祥的灵堂两侧悬挂着一副挽联，上联是"为保障对方安全反遭毒手"，下联是"向敌人讨还血债以慰英灵"。灵堂上陈列着烈士的遗像以及花圈、挽联等。

　　灵堂布置完毕后，李克农、乔冠华到现场检查。

　　"虽有这么多的挽联，可仍觉得有点不足，难以表达人民的愤慨之情。"李克农回过头，对站在身旁的乔冠华说："老乔，还是请你想一想，是否再写一副更为醒目的挽联。"

　　"嗯！"乔冠华应了一声。乔冠华不愧为一代才子，只见他紧锁眉头，在房间里来回踱了几步，便顺口念出一副挽联：

边打边谈

世人皆知李奇微，举国同悲姚庆祥。

"好好好，"李克农闻声连连称好，"你赶快让人去布置，以免耽误了时间。"李克农对乔冠华吩咐道。

在沉痛悲壮的哀乐声中，姚庆祥烈士追悼会开始了。灵堂虽然不大，但布置得庄严肃穆，那副"世人皆知李奇微，举国同悲姚庆祥"的挽联，尤其引人注目。

各界人士、中朝代表团、开城中立区军事警察部队以及各国前来采访的新闻记者都参加了追悼会。

枪杀姚庆祥的事件本已引起世界各国一切正义人士的强烈谴责，而举办姚庆祥烈士追悼会更将这场反对阻挠谈判的斗争推向了一个新的高潮，特别是那副乔冠华写的挽联不胫而走，从而使美国侵略者在道义上处于非常不利的境地。

姚庆祥烈士生前所在连队的战友纷纷悲愤地控诉美李军破坏停战谈判破坏中立区的罪行。

美国侵略者蓄意破坏停战谈判，一再侵犯开城中立区，袭击我军事警察，并轰炸我方代表团住所。这些卑鄙无耻的行为，已经激起朝鲜人民极大的愤怒。

平壤某工厂工人张寿南说：

美国侵略者这种丧尽天良的野兽暴行，不能不使我们朝鲜工人阶级万分愤怒。我们坚决拥护金日成将军与彭德怀将军向李奇微提出的严正抗议。谁是人类和平的敌人，让全世界的善良人民来判断吧！我们朝鲜工人是绝不会被美帝国主义的任何穷凶极恶的暴行所吓倒的。

然而，美方并没有因此而稍有收敛。姚庆祥烈士的血迹未干，美国飞机竟又于8月22日深夜非法侵入开城中立区上空，以中方代表团住所为目标，施行轰炸与扫射。消息传到志愿军总部，彭德怀愤怒地说：

这是蓄意谋杀！

发生此事的当天晚上，李克农、乔冠华立即决定通过联络官与驻在汶山的"联合国军"代表团通电话，要求他们前来调查。

美方联络官借口夜深，再三推诿，拒绝前来开城。中方强烈抗议，肯尼和穆莱才姗姗而来。

在调查过程中，肯尼和穆莱一再抵赖美方的罪恶行径。当勘察到第三个弹坑时，他们即不愿再继续调查下去。中朝联络官张平山、柴成文立即严肃指出："我们有权要你们调查下去。"

22日夜，初步调查和以后实地复查的结果，证明"联合国军"飞机两次共投弹17枚，其中杀伤弹13枚，汽油弹4枚。

边打边谈

13 枚杀伤弹均落在我方停战谈判代表团住址以北200 米左右处。代表团住宅前及停放在门前的南日将军的车内，均落有杀伤弹弹片。

美方蓄意制造的轰炸案，人证、物证俱在。为抵赖其罪行，他们拒绝认真调查，拒绝承认调查所得的是事实，拒绝允许新闻记者前往出事地点观察。他们不仅闭着眼睛说瞎话，死不认账，而且还倒打一耙，诬蔑是中方自己干的。

由于中朝代表团认为自己是前来谈判停战的，因此，对方不可能会对自己下毒手，所以事先没有任何防空准备，不料美方不顾信义，悍然以中朝谈判代表团作为攻击目标。

此次轰炸不久，李克农、乔冠华和部分工作人员在邓华的极力劝说下，离开原来的驻地，转移到开城西北山沟里的双爆桥。

随后，代表团的其他成员也相继转移，有的住在青云洞，有的住在开城北部中立区边缘的一个山顶草房里。原来的住地仅留下张平山、柴成文带着与对方联络的无线电报话机，此时的谈判工作实际上已无法正常进行。

面对如此蛮不讲理的对手，中央当时的方针是：

准备破，不怕拖，坚决回击，留有余地。

在战场上，中方没有屈服于美方，在会谈中，中方更是据理力争。

9月5日，《人民日报》发表《关于朝鲜停战谈判答读者问》的评论文章，揭露了美方企图用谈判为幌子而扩大战争的阴谋。

文章阐述了中方一贯的立场：

> 我们是真诚地主张朝鲜问题和平解决的，同时我们也准备敌人破裂谈判。我们是不怕敌人破裂谈判的，在那种情形下我们要以粉碎敌人的进攻来迫使敌人接受和平。当然，只要还有任何以谈判方式来解决朝鲜问题的可能，我们就仍然争取这种可能，以便向全世界表示我们的仁至义尽的态度，并且暴露美帝国主义的一切卑鄙野蛮的强盗行为。

于是，为了粉碎更大规模的挑衅进攻和疯狂侵略，中央号召全国人民全力加强支援抗美援朝运动，全力支持朝鲜人民军和中国人民志愿军代表团在谈判中所坚持的严正立场，并执行各民主党派各人民团体联合宣言的号召，以长期的奋斗来达到击溃美国侵略者的目的。

边打边谈

双方在板门店恢复谈判

1951 年 8 月 19 日，中央军委对第六次战役进行了反复研究，并指示彭德怀说：

> 我方空军 9 月不能参战，朝鲜正值雨季，运输十分困难，我军粮弹储备只有一个月，如果敌人窥破此点，我将陷入被动；从战术上看，我军出击必须攻坚，而作战正面不宽，敌人纵深较强，彼此策应方便，如战役拖延时间过长，或战而不胜，反易暴露我弱点。

中央军委指示，9 月战役计划，"改为加紧准备而不发动"。

9 月 29 日至 10 月 22 日，美军与南朝鲜军又在 200 公里的战线上发起秋季攻势，并对朝鲜北部的交通线展开空中"绞杀战"。

志愿军创造了以坑道为骨干的防御体系，有效地阻击了敌人。美军虽付出重大代价，但平均推进不足两公里。李奇微后来回忆说：

> 对当时军事上的实际情况有着清醒认识的

人，没有谁会相信凭我们手中的这点有限的兵力能够赢得什么完全胜利。

在谈判中断期间，双方为谈判地点进行反复的争论。李奇微以开城地区安全没有保障为由，坚决拒绝重返开城。

这段时间，负责谈判的李克农总算有点闲余时间来恢复精力了。

在谈判中，最繁忙的人当数李克农。李克农奉命出任谈判代表团党委书记，而当时，他正备受哮喘病折磨，夜间靠打吗啡才能入睡。

当时，由李克农主持的集体会议一般是在上午10点钟召开，先由第一、二线的人员汇报当天的谈判情况。

情况介绍过后，再研究出现的新问题。李克农归纳后，就谈判中全局性问题再作阐述，讨论出具体方针策略，形成文字上报中央、金日成、彭德怀。

每天开会至凌晨，便有电报发向国内毛泽东、周恩来处。他们二位不看过朝鲜"克农台"发来的电报，商议以后发了回电是不会去就寝的。回电通常一个小时左右便可发回"克农台"，李克农看到了国内指示便对当天的谈判方案有了进一步确定。

有时来往文电每天多达十几份，电报内容十分丰富，大到谈判方针、外交策略，小到帐篷、食物、标点符号，事无巨细。

谈判席上的态势总是由李克农发电报到北京，而毛

边打边谈

泽东会据此做出适当的双方分析，抓住对方的心态，"打的坚决打，谈的耐心谈"。

毛泽东发给李克农的电文大约有几十万字之多。电文开头一般是这样写："克农，并告金、彭：……"金是指金日成，彭是指彭德怀。

1951年9月初，朝鲜半岛前线的广大指战员摩拳擦掌，准备给"联合国军"以更沉重的打击；后方则积极反击"联合国军"的轰炸，支援前线。

周恩来对自己的爱将与部下非常体贴关心，在乔冠华从事停战谈判工作期间，他特地安排乔冠华夫人龚澎去开城松岳山麓来凤庄探亲，后来龚澎在北京生下第二个孩子，便给女儿取名"松都"，意为在松山怀孕，在首都北京出生。

9月10日，一架美机侵入中立区进行扫射，击中了会议场所旁边的民房。在中朝方面要求下，美国联络官前来参加调查，并承认此次事件是"联合国军"所为。

11日，乔埃正式为此事表示遗憾，并称将采取"适当的纪律措施"。

13日，毛泽东指示李克农等，乔埃最近的表示，说明"敌人已在转弯"，不管对方今后是否提出更换会址，我方都"应掌握主动，提议或同意在开城复会"。

17日，李奇微在致金日成、彭德怀的信中也承认了此次事件的责任，并表示"遗憾"。

中朝代表团根据种种迹象分析，认为对方有可能回到谈判桌旁。

9月19日，金日成、彭德怀致函李奇微，建议双方代表立即恢复在开城的停战谈判。但李奇微23日的回函仍然坚持更换谈判地点。

美国国务院于25日指示李奇微，国务院不愿看到因美方坚持拒绝在开城谈判而使谈判破裂。李奇微于是不再坚持要把谈判地点改在开城以南8公里的地方。

9月29日，美军又向志愿军阵地发动秋季攻势，威胁开城侧翼，妄图夺取武城。志愿军第四十七军、六十四军顽强抗击，在20天的战斗中毙伤"联合国军"2.2万人，"联合国军"以失败而告终。

接着，志愿军在东线也粉碎了"联合国军"的疯狂进攻。当时，美国三军联席会议参谋长讽刺李奇微："按照你这样的进攻速度，要打到鸭绿江也得20年。"

在双方力量相对均衡，不能迅速解决朝鲜问题的情况下，党中央在政治上采取和谈方针，在军事上也适时地制定了"持久作战，积极防御"的战略方针。

在战场上"辩论"的结果不行，美国自己内部也有压力，这样，美军不得不回到谈判桌上来。这就形成了军事斗争与政治斗争交织的边打边谈的相持局面。

对这种局面，在谈判之初彭德怀就预料到了：

我们决不能指望敌人放下武器，立地成佛。

要立足于打，以打促谈。

美军想恢复谈判，但又顾及面子问题。所以，他们想出一个馊主意，派出飞机在板门店扫射一辆农民的牛车，并趁机提出双方联络官会晤。原来双方都中断了接触，这下用违反协议的办法又把钩挂上。

当时，中国代表团人员开玩笑说：

> 你别看美国人个子大，他要弯腰的时候也很灵活哩！

双方联络官见面以后，美军的态度比以前更加温和。中方的联络官对打牛车一事提出抗议，人证、物证都摆出来了。美方人员说："这完全是误会，我们错了，对不起。"

美方当场口头道歉，并建议双方代表团会谈时解决这个问题。

10月4日，李奇微在致金日成、彭德怀的信函中建议，由中朝方面提出在双方战线中间可供选择的地点。

10月7日，金日成、彭德怀在复函中提议，将会址改在板门店，并建议双方首先就扩大中立区及会址安全问题做出安排。

第二天，李奇微同意在板门店恢复谈判。双方联络官从10日开始会商，直到23日才达成板门店会场区及板门店至开城、板门店至汶山通道安全的协议。

三、 签订协议

● 周恩来分析说："美国在朝鲜问题上不能不谈判停战。由于内政外交原因，他不能不拖一下，但不敢破裂，而只能破坏。"

● 李克农对部下指着乔埃那瘦长的身影说："想一想，我们能不能做到把对方的长处吸取过来，成为我们手中的武器。"

● 周恩来郑重地说："我们不想压倒对方，我们所要求的就是：公平与合理。"

毛泽东指示主动调整方案

1951 年 10 月 14 日，当"联合国军"的夏季攻势已被粉碎，而秋季攻势正来势凶猛之时，毛泽东从国内向英勇的人民志愿军发去慰问电。

在电文中，毛泽东说：

> 对于志愿军全体同志在志愿军党委和彭德怀同志的领导下进行了一个整年的英勇奋斗，取得了很大的胜利，表示欣慰与慰劳。

毛泽东勉励志愿军指战员：

> 只要同志们继续努力，并和朝鲜同志始终团结一致，最后胜利是可以取得的。

当 10 月 23 日美军的秋季攻势也被我军粉碎时，毛泽东则在正在召开的中国人民政治协商会议上，向美国政府和全世界郑重宣告：

> 抗美援朝的伟大斗争现在还在继续进行，并且必须继续进行到美国政府愿意和平解决的

时候为止……

如果不是美国军队占领我国的台湾、侵略朝鲜民主主义人民共和国和打到了我国的东北部边疆，中国人民是不会和美国军队作战的……

我们的敌人眼光短浅，他们看不到我们这种国内、国际伟大团结的力量，他们看不到由外国帝国主义欺负中国人民的时代，已由中华人民共和国的成立而永远宣告结束了！

仅仅过了两天，在夏秋攻势中付出伤亡15.7万余人的惨痛代价后，所谓的"联合国军"又不得不重新回到了谈判席上。

当时，中共中央政治局在北京举行扩大会议，这次会议由毛泽东主持。

在这次会上，大家预计：1952年抗美援朝战争或者达成停战协议，或者还要再打一个时期，方能达成停战协议。

10月25日，停战谈判恢复，会址由来凤庄迁到板门店。就这样，中断了63天的停战谈判在双方商定的新会址板门店恢复。

在朝鲜半岛西南部砂川河畔，京义线上有一个小村，它就是板门店。板门店本来是一个无人知晓的小山村。据说，很久以前，为方便来往于开城与板门店之间的过

签订协议

客，有人曾在这里用木板建过一个小店铺，板门店的名字便源于此。

这次谈判，双方代表团的成员都有所调整。

在此前的 10 月 23 日，中方宣布以刚刚卸任的前中国驻苏联武官边章五接替邓华，邓华则仍回志愿军司令部协助彭德怀指挥作战。另以郑斗焕代替张平山为谈判代表，对方则以李享根接替白善烨。

当时，志愿军代表团内部的党委也进行了调整，书记仍是李克农，副书记由原任中国人民志愿军政治部主任杜平担任，委员有边章五、乔冠华、解方、柴成文。

杜平原来没有从事过外交活动，他克服"欠缺外交头脑"的弱点，虚心向乔冠华等行家学习，相互促进。他认为，凭着几十年对敌斗争的经验，坚信我们共产党人外交方面的才能绝不低于对方。我们既能在战争中学习战争，在战场上打败对方，也一定能在谈判中学会谈判，赢得谈判的成功。

杜平是位老红军，久经沙场，待人热情，对乔冠华很尊重。他来到开城后，与乔冠华住得很近，接触颇多。

在他的印象中，乔冠华为人十分开朗，他们彼此很快成为"很谈得来"的好朋友。

杜平后来回忆说：

> 乔冠华很活跃。笑也笑得很潇洒，骂也骂得利落。他天性好动，外出时，手里喜欢拿根

文明棍，不停地摇着，大有学者之风。他在德国读过哲学，懂得几门外语，对中外文学有研究，笔头很锋利。当时，代表团给北京的电文稿大都由他起草。乔冠华平时有两大嗜好，一是香烟，二是茅台酒。一次喝醉了，李克农瞧着直摇头："这可不行，在外交场合要误事的。"我和乔冠华年龄相仿，很谈得来。饭后经常一起散步，并以做些打油诗取乐。

10月29日，毛泽东在致谈判代表的电报中郑重地指示：

> 双方接触线确定后，我方即应主动地提出就地停战稍加调整的方案。

电报还指示，要积极戳穿对方拖延停战谈判的任何借口。

签订协议

双方达成军事分界线协议

1951年10月25日，双方移至汶山与开城之间的板门店新址，继续谈判。当天，正是中国人民志愿军赴朝作战一周年的日子。

谈判开始后，美国代表尽管不再提所谓"海空优势"了，但却仍然拒绝将"三八线"作为双方的军事分界线。

当时，双方各自控制着一部分战前属于对方的地段。中朝方占领了"三八线"西段以南的开城地区和安翁津半岛，对方则控制了"三八线"东段以北的金化至杆城一线。

相对来说，美国和南朝鲜方所占区域比中朝方稍大一点。而且，如果以"三八线"为界的话，从地形上看，美军在东线撤退后难以重新攻取，而中朝在西线后撤后则易于攻取。

更为重要的是，如果完全恢复到战前状态，那便表明美国已经承认自己是侵略者。

10月31日，中朝方面提出一个就地停战、稍加调整、确定军事分界线的方案。"稍加调整"本来就是为了照顾对方经常讲的"要有可守的防御阵地"。

可是在讨论中，双方对如何调整存在意见分歧。美方认为中朝方面急于达成协议，便提高要价，提出把开城划入中立区，中朝方面表示反对。

为了使谈判尽快达成协议，中朝代表做出妥协，于11月7日提出"在实际控制线基础上，略加调整，作为军事分界线"的新方案。

11月10日，中朝方面提出"以双方实际接触线作为军事分界线，并由此线各自后退两公里，以建立非军事区"的建议。

斯大林提醒中朝方面要"实行强硬路线，不能有急于结束谈判的表示"，但也同意在谈判中可以"采取灵活战术"。

中朝方面关于军事分界线的建议赢得了美国国内舆论和美国盟国的同情和支持。《纽约时报》11月11日的社论指出，既然在诸如停火这样的"大问题"上已经达成协议，为什么还要在开城归属"这种无关紧要的小问题"上纠缠不休呢？

第二天，该报的另一篇报道说：

共产党已经做了重要让步，而"联合国军"却继续提出越来越多的要求。

到11月，美军的伤亡已近10万人。美国领导人担心，随着伤亡的增加，美国公众对于迅速结束战争的压力将会增加，对于谈判的继续拖延将越来越失去耐心。

美国的盟国也在敦促美国在谈判中采取灵活立场。

签订协议

《泰晤士报》载文要求以"三八线"作为南北的分界线。

迫于国内国际的压力,李奇微终于同意了中朝方面的方案。

11月27日,历时4个多月,经过18次正式会谈,37次专门委员会会谈,14次参谋会谈,双方终于就军事分界线的划定达成临时协议:

> 以双方现有实际接触线为军事分界线,双方各由此线后退两公里以建立军事停战期间的非军事区。
>
> 如军事停战协议在本协议批准后30天后签字,则应按将来实际接触线的变化修正上述军事分界线与非军事区。

这样,谈判双方就第二项议程,即"确定双方军事分界线"问题,初步达成协议。谈判取得了新的进展。

连当时任志愿军政治部主任的杜平也认为:停战谈判"如此费时是出乎预料的"。

尽管停战谈判步履维艰,但中朝方面仍然希望在1951年年内能就剩下的议题达成协议,对谈判前景表现出较为乐观的看法。

当时,周恩来分析说:

> 美国在朝鲜问题上不能不谈判停战。由于

内政外交原因，他不能不拖一下，但不敢破裂，而只能破坏。破坏多了，得承认错误。拖得久了，得转弯让步。目前谈成的可能性增长，但拖的可能性还存在，全面破裂的可能性不大。

因此，周恩来指出：

我们的谈判方针是：争取公平合理地就地停，使之成为和平解决朝鲜乃至远东其他问题的第一步。不怕破裂，也不怕拖。愿和，但也不急。

但是，在随后的第三、第四项议程的谈判中，进展仍不顺利。谈判中，朝中方面的每一项提案，几乎都遭到了"联合国军"代表的反对。谈判双方唇枪舌剑，其激烈程度绝不亚于战场上的刀光剑影。

双方达成停火与休战协议

1951 年 10 月，朝鲜停战谈判恢复以后，在毛泽东的指导和周恩来的有力协助下，中方稳操着军事斗争和政治斗争的主动权。

当时，中国人民志愿军在彭德怀司令员的直接指挥下，依托着坚固的阵地，用"零敲牛皮糖"的办法，一口一口地吃掉对方，有力地支援着由李克农幕后指挥的谈判斗争。

经过一段时间的文、武结合的默契配合，以及战场与会场的反复较量，朝鲜停战谈判取得重要进展，双方达成了军事分界线协议。

1951 年 11 月，分界线问题达成协议以后，双方以小组会的形式先后开始第三项议程：关于停火与休战的安排问题；第四项议程：关于俘虏的安排问题；第五项议程：关于向双方有关各国政府建议事项的谈判。

按顺序，应首先谈停战监督，然后再谈战俘问题。美国代表团总想在谈判上占点便宜，提议两个问题可同时进行，这样可以加速停战谈判。

表面看起来像有点道理，实际上美军是想东方不亮西方亮，这个不行我就谈那个。他们同时提出，最好是采取小组会的办法，分两个小组谈，一个谈停战监督，一个谈战俘问题。

11月27日，双方开始谈停战监督问题。最初美军拿出来的方案还是想要高价，给谈判带来了一串麻烦。

第三项议程的谈判一开始，朝中代表就提出保障停战的五项建议：

1. 自停战协定签字之日起，双方停止一切敌对行动；

2. 双方一切武装力量，于停战协定签字后3天内撤出非军事区；

3. 双方一切武装力量，于停战协定签字后5日内，从对方后方撤走；

4. 双方一切武装力量不得进入非军事区和在该区进行武装行动；

5. 双方组成停战委员会，共同负责停战协定的实施。

后又增加一项建议：组成中立国监察机构对双方停战进行监督。

美方代表除了空谈同意停战后双方停止敌对行动外，没有提出任何实质性的方案，反而提出与停战毫无关系的双方互派人员到对方后方自由视察的建议，企图进行特务侦察活动。尤其无理的是，竟然提出在停战期间不准朝鲜北方建设机场，公然干涉朝鲜内政。

签订协议

经朝中代表的严厉驳斥后，美方虽放弃了自由视察的要求，但仍胡搅蛮缠，坚持不准朝鲜北方建设机场。

朝中代表解方严词警告对方：

> 即使在你们使用军事力量狂轰滥炸、大肆破坏的时候，你们妄想干涉朝鲜北方的内政，也不可能干涉得了。你们使用军事力量不能得到的东西，也休想在谈判中得到。

后来，美方代表又拒绝朝中代表所提的中立国监察机构的成员国。

双方在下列问题上斗争激烈，其焦点是如何保证停战的稳定而又不损害朝鲜的主权：沿海岛屿问题。

美方仍然拒绝从军事分界线以北的所有岛屿撤出。中朝人民军队组织 4 次渡海作战，收复黄海道近海的大部分岛屿，迫使美方与朝中方面达成协议：

> 黄海道与京畿道界以西的所有岛屿，除白翎岛、大青岛、小青岛、延坪岛和隅岛外，均置于朝中方面军事控制之下。

在增加军事力量问题上，斗争的焦点是美方企图限制朝中方面战后在主权范围内修建机场。

朝中方面在这个问题上毫不退让，美方最终放弃了自己的主张。朝中方面在兵员轮换问题上同意美方意见，双方达成协议：

> 兵员轮换在一人换一人的基础上进行，每月不得超过 3.5 万人；作战物资的替换，在同样性能同样类型的一件换一件的基础上实施。

谈到监督与视察问题时，美方主张由双方组成军事停战委员会在朝鲜全境"自由视察"。朝中方面反对这个主张，认为这是干涉朝鲜内政和侵犯朝鲜主权，建议成立中立国监察委员会，负责去双方同意的后方口岸进行必要的视察，并向双方停战委员会提出报告。

美方最终接受这一建议。在中立国监察委员会成员和口岸数目问题上，朝中方面做了一定让步，双方达成协议：

> 由波兰、捷克斯洛伐克、瑞士、瑞典 4 国组成中立国监察委员会。在双方各 5 个口岸，即朝鲜北方为新义州、清津、兴南、满浦、新安州；朝鲜南方为仁川、大邱、釜山、江陵、群山进行视察。

一开始，美方提出由参加"联合国军"的国家来监督，限制朝鲜修机场，如果有破坏协议的，还要派检查

签订协议

小组到现场去。如果接受这个方案的话，那就等于承认是战败国，让美军到我们的区域里随便横行。

因此，中方坚决反对，并提出公平合理的主张。在战场上，针对美方拒不撤出后方沿海岛屿和海面的无理行径，中朝部队组织渡海作战，攻占了10多个岛屿，粉碎了对方妄图利用"三八线"以北岛屿破坏我军安全的阴谋。美国又丧心病狂地发动灭绝人性的细菌战，中朝方面向全世界做了无情的揭露。

在威胁手段失败后，美军又假惺惺地大谈所谓"美中友谊"，中方则一针见血地作出驳斥。

在停火监督问题上双方的分歧主要在于：中朝方面主张，停战以后双方武装力量应即停止一切敌对行为，并在规定期限内自非军事区和对方后方和沿海岛屿及海面撤走，双方指派同等数目人员组成停战监督委员会共同负责监督停战的实施。

美方要求停战监督机构得以自由出入朝鲜全境，即要到对方后方进行地面和空中视察，在维持停战时双方不增加军事力量。

显然，美方十分担心中朝方面利用停战增加兵力。为了解除对方顾虑，中朝方面在12月3日提出两条补充建议：停战后"双方不从朝鲜境外以任何借口进入任何军事力量、武器和弹药"；监督措施分为两部分，对非军事区的监督由停战委员会负责，对非军事区以外的后方的监督交由中立国监督机构负责。

12 月 12 日，针对中朝方面的新提案，美方提出对案，同意中立国视察后方口岸的原则，但要求轮换部队与补充武器弹药，并提出禁止朝鲜境内飞机场和航空设备的恢复、扩充与修建。

中朝方面考虑到美国士兵前线服役 10 至 12 个月就要轮换回国的制度，同意了美国的要求，也允许美方进行必要的武器装备的替换，但不同意上述对机场和航空设备的限制。

为了消除对方的戒心，中朝方面在 12 月 24 日对案中提出"不得从朝鲜境外进入任何作战飞机"的规定。双方在小组委员会上反复争论，直到 1952 年 1 月 27 日还是毫无结果。

双方同意小组会暂时休会，举行参谋会议，就已经达成的协议作细节讨论。但谈判过程中的真正绊脚石却是战俘问题，这是中朝方面始料未及的。

最后，美方坚持在限制修建机场问题和中立国提名问题上讨价还价，他们既怕中方建机场，又怕中方提名苏联为中立国。

当时，中方便以提名苏联为中立国，迫使它放弃限制中方修建机场。

至后来的 1952 年 4 月 28 日，美方终于撤回了对中方修建机场的限制，中方也放弃了提名苏联为中立国的要求，双方同意波兰、捷克斯洛伐克、瑞典、瑞士组成中立国监督委员会。

签订协议

1952 年 5 月，美方才被迫放弃其干涉朝鲜北方内政的不准建设机场的要求。

此项议程的谈判，历经 5 个多月，双方于 5 月 2 日，以朝中代表所提方案为基础，达成协议。

相对而言，关于第五项议程的谈判还算顺利，但美方代表也是左右刁难，企图使该项议程变得毫无意义。经朝中代表的努力，历经 12 天的反复辩论，该项议程于 2 月 17 日达成协议。

5 月初，志愿军司令员彭德怀回国，美军首席谈判代表乔埃也被哈里逊取代，似乎表明双方对停战谈判迁延不决的失望。乔埃在离任时不无感慨地说："任何值得谈判的东西也没有。"

李克农抱病忍痛指挥谈判

1951 年 10 月 25 日，以朝鲜人民军和中国人民志愿军为一方，以打着"联合国军"旗号的美国军队为另一方，在战场西端的板门店，举行了一场历史上罕见的停战谈判。

在谈判过程中，李克农就像一个巨大的隐形人物在策划、指挥着一切。

李克农细心观察之后，在谈判对手中找到一个活"教员"。他发现美方首席代表乔埃将军不仅是一个极端机灵的政客，还是一个谈判高手。他总是笑意挂在脸上，言辞中寸土必争，并且在对手的连连逼问下方寸不乱，那一双湛蓝色的眼睛眨动得狡黠而又富有表情。

李克农对部下指着乔埃那瘦长的身影说：

想一想，我们能不能做到把对方的长处吸取过来，成为我们手中的武器。

谈判不仅需要策略技巧，而且需要坚强的神经。谈判中有一个技巧就是"拖"，李克农这次可把"拖"的谈判艺术发挥得淋漓尽致。

一天，谈判中出现僵局，双方都在等待对方开口，

签订协议

却又谁也不开口，大家都沉默着。

整整沉默了 132 分钟，这大概是谈判史上无言相对最长的时间纪录了。

中国驻朝使馆政务参赞、志愿军朝鲜停战谈判代表团秘书长柴成文，悄悄起身，走出会场，来到谈判大厅旁边的一座帐篷里，那里坐着一个留着小胡子、戴着眼镜的中年人，他就是新中国外交和军事战线的重要领导人，谈判代表团党委书记李克农将军。

当时，李克农正坐在桌前沉思，一支接一支地抽烟，茶杯里的水已喝干，和谈判桌上的气氛很相似。

柴成文来到李克农身后，扶住椅背，在他耳边急促地吐出了 3 个字："怎么办?"

李克农一言不发，从笔记本上撕下一张小纸条，写下 3 个字：

坐下去。

美方谈判代表一回到住所，把公文包一扔，就叫出声来："哎呀，上帝! 我以为我麻木的双腿再也不会复活了，这该死的谈判像是一个世纪那样漫长。"

柴成文又悄悄地回到座位上去，将攥在手心里的小纸条，传到旁边的代表手里，这个人看完后又传下去。短短几分钟，中朝谈判代表成员脸上的表情全变了，由焦躁不安变为沉稳而又笃定，一个个沉下心来，挺直腰板，稳稳地坐在那里，如一尊尊石像一般。

对方再也无法忍耐这难堪、沉闷、压抑的沉默了，马拉松式的耐心竞赛终于见了分晓，美方代表首先宣布：休会，退席。

在板门店，李克农殚精竭虑，带病坚持工作。随着冬季的来临，他的哮喘越发严重，经常大口大口地喘气。一次正在开会，他突然头一歪，昏迷过去了，幸亏在场的人抢救及时，才苏醒过来。

每天晚上，李克农都坐在朝鲜式的土炕上研究材料。由于视力微弱，他的双眼几乎要贴在炕桌上。由于长时间伏案，胸口挤压得难受，每隔一会儿，他就得走出去，站在寒冷的夜空下，呼吸几口新鲜空气。

毛泽东、周恩来得知他的身体状况，希望他能回国休息、治疗。

李克农却拒绝了："临阵不换将！"

李克农在板门店将自己的智慧和才能发挥得淋漓尽致。他很注意安抚大家的情绪，经常嘱咐代表们不要失去冷静，不要"仇人相见分外眼红"，不能年轻气盛，经不起人家的挑衅而冲动。

李克农在 1951 年 12 月 28 日关于第三项议程和第四项议程小组谈判情况给毛泽东、金日成、彭德怀的电报中说：

我们计划：对于第三小组，如对方继续采

取拖延政策，根本不讨论什么问题，则我亦不急。他提议休会，我即同意休会，表示我们不怕拖；对于第四小组，继续以 4.4 万战俘的问题和对方的所谓 5 万多战俘的问题对抗下去。对于对方第一次交来及第二次补交来的战俘下落的问题回答，我们觉得亦不必忙于交给他们。

两个半小时后，毛泽东即回电：

李克农同志并告金、彭：

12 月 28 日 1 时来电，两组简报及附件均悉。同意来电所述各点，并且不要怕拖，要准备再拖一个较长的时期才能解决问题。只要我们不怕拖，不性急，敌人就无所施其技了。

毛泽东

"当行则行、当止则止"，李克农一直惦记着在出征前周恩来的指示。关键问题是要善于根据总体目标、形势的变化和条件的许可来审时度势，确定举止进退，最大限度地维护国家整体利益。

这样，"行于所当行"，就不是无目的的盲目行动；"止于所当止"，也不是无原则的迁就退让。一切决策都要以是否有利于总体目标的实现为判断进退的标准。

于是就出现了谈判桌上的沉默对峙战。

北京来的每份电报上几乎都留下了李克农刚劲的笔迹。但终于有一天，他的笔尖在一份电文上凝固了：

家父病逝，望节哀。

李克农大吃一惊，十分悲痛，泪水在心里翻滚，环顾左右，大家都沉浸在眼前的谈判策划当中，他便把这份电报悄悄收了起来，又继续刚才的讨论，无论如何他无法回国奔丧了。

从此一直到返回家乡，素爱整洁的李克农没有刮过胡须，以此纪念父亲。

签订协议

中方提出交换战俘新方案

1952 年 5 月，朝鲜停战谈判再次取得重要进展，双方在第三、第五项议程上，达成协议。

至此，停战谈判共五项协议中，只剩下第四项，即"关于战俘的安排问题"没有解决了。

实际上，关于战俘问题的谈判，早在 1951 年 12 月 11 日便已开始。但美方却借口所谓的"自愿遣返原则"，拒绝朝中方面根据日内瓦公约提出的"全部遣返战俘"的提案。

1951 年 12 月 12 日，讨论战俘的安排问题的小组会开始。经李克农与乔冠华商议，中朝代表团派出李相朝和柴成文作为该小组谈判代表，对方出席的是海军少将李比和陆军上将希克曼。

中方谈判代表团很快阐明自己的立场，按照《日内瓦战俘公约》中"战争结束后战俘应该毫不迟延地释放和遣返"规定去办。

会议一开始，中方代表便根据李克农、乔冠华的指示，提出停战以后立即遣返战俘的原则。但对方拒绝对此表明态度，坚持必须首先交换战俘名单。

在这个问题上，美方表现得十分顽固。美军主张"一对一遣返"、"自愿遣返"。

所谓"一对一遣返",意味着美方将扣留我方10余万被俘人员。所谓"自愿遣返",看来很民主,实质上完全不是那么回事。

在美军手里的战俘,怎么能表达"自愿"呢?实质是强迫扣留。所以争论的焦点是全部遣返还是强迫扣留。

美方代表虽然没有公开反对中国和朝鲜的立场,却在心里打着小算盘。

美国方面很清楚,对于有数以千万计兵源的中国来说,为数极少的战俘从军事上讲没有很大价值,只有美国情报部门和心理战部门对此加以注意。

随着战争形成僵局和谈判开始,美国政治家对战俘问题越来越关注。时任美国国务卿的艾奇逊后来回忆说:

> 这个问题不仅是促成敌我之间,而且也是促成国务院和国防部之间的一个重大争执点……为了保证敌方所收容的战俘的返回,五角大楼却赞成将北朝鲜和中国战俘及被拘留的平民一并遣返而不管他们的意愿。

美国军人从军事的角度考虑问题,感到为了战俘问题拖延战争并付出重大伤亡"得不偿失"。

当时,美国的政治家却认为,朝鲜战争是"自由世界"同"共产党世界"之间的一场前哨战,应鼓励包括投降者在内的战俘都逃离"铁幕"。

经过一周僵持后，李克农提议可以先交换战俘资料，毛泽东回电表示同意，同时估计到对方必有一番反宣传，要求准备反击。

12月18日，双方交换了战俘资料，中朝方面称现拘留战俘1.15万人，其中美军3192名，英国等盟国战俘1216人，南朝鲜7142人。

根据朝中方面的内部统计，我方被俘军人总数最高不过11万人左右，其中人民军9万余人，美方将许多抓到的朝鲜平民和义勇队成员也当成了战俘。

双方的被俘人员，绝大部分是在战争第一年双方拉锯式的争夺战中被俘虏的。朝鲜人民军战俘主要是在美军仁川登陆后的撤退中被俘的。志愿军被俘人员，主要是第五次战役后期撤退时第三兵团的失踪者。

1952年1月3日，在联合国大会政治委员会的会议上，苏联代表团团长维辛斯基提出一个加强国际和平与安全的建议。

在这个建议中，苏联除主张联合国大会取消集体措施委员会这个扩大侵略战争的阴谋组织之外，并建议考虑消除目前国际紧张局势和建立国际友好关系的措施问题，而首先是为帮助朝鲜停战谈判获得顺利结束所应采取的措施问题。

在美国继续蛮横无理地阻挠与拖延朝鲜停战谈判，并在其本国及附庸国家中加紧扩军备战活动，而继续制造国际紧张局势的情形下，苏联政府这种争取和平的努力，是十分重要的。

顺利完成朝鲜停战谈判，实现朝鲜停火，是中朝人民和苏联人民一贯努力和争取的目标，也是全世界爱好和平人民一致的、迫切的要求。

在朝鲜实现停火，不但将使朝鲜问题有可能得到和平解决，并且也将由此而打开和平解决远东其他问题和消除世界紧张局势的道路。

在朝鲜停战谈判开始以来，朝中方面的代表始终表现了在公平合理的基础上积极争取达成协议的精神。但是尽管如此，朝鲜停战谈判却由于美方采取了种种可耻的方法进行阻挠和拖延，以致进行了半年之久还没有成功。

美方这种拖延谈判的蛮横无理的态度，曾遭受到中方代表及世界爱好和平人民的严厉斥责，并引起美英人民的普遍愤怒及其同盟国家的不满。

当时，《人民日报》发表文章指出：

　　他们以骗子的面目出现，硬把他们企图扣留我方被俘人员，拒绝双方全体战俘的释放与遣送，说成是他们的"人道主义"原则，说成他们是"一心只想到这些人（即指美军被俘人员）的福利和他们家庭的哀痛"；他们以无赖的面目出现，一面要挟他们的同盟国对侵朝战争"在军队及其他方面作最大的贡献"，一面独断

专横地为他们本身的利益拖延朝鲜谈判，而不许他们的任何同盟国预闻谈判中的任何问题。

双方就战俘问题讨价还价，争论不休。这样的小组委员会已经开了 50 多次，对峙的局面不仅没有消除，反而越来越僵。

为了打破这种僵持的局面，乔冠华与李克农一起，带领中方参加该项议程谈判的参谋人员，经过反复深入的研究斟酌，提出迫使对方在遣返俘虏原则上让步的新方案。

接着，中朝方曾两次提出折中方案，但均遭对方拒绝。因此，谈判的第四项议程一直悬而未决。

1952 年 5 月 5 日，印度的潘迪特夫人来华就朝鲜停战问题进行斡旋。周恩来坦诚地就战俘问题对她阐述了中国的立场，周恩来说：

停战谈判所谈的，主要是四个问题，现在除一个问题外，都已基本上取得协议。而美国政府还在这个仅剩的问题上无理地拖延谈判。唯一尚未解决的问题是战俘问题。本来按照美国政府所曾签字的 1949 年日内瓦公约，战争一旦停止，双方即应无条件地释放并遣返所有战俘。因此，这本来是很简单，而不应该成为问题的，但美国政府却无理由地以此拖延会议。

周恩来郑重地说：

我们不想压倒对方，我们所要求的就是：公平与合理。

5月7日，巨济岛美军第七十六号战俘营的中方被俘人员，为抗议美方强迫扣留中方被俘人员所使的暴行，激愤地扣留美战俘营负责人杜德准将。这就是当时震惊中外的"杜德事件"。

"杜德事件"是美国侵略者惨无人道的战俘政策的恶果。中方就此提出抗议，使得美方代表狼狈不堪。乔埃垂头丧气地说："巨济岛事件使我们变得很愚蠢了。"

美方一方面在谈判中讨价还价，拖延时间，另一方面却在巨济岛残酷迫害我被俘官兵，其暴行被媒体披露，在全世界引起了愤怒的抗议浪潮。

当时，美国国内也发生了美俘家属联名向杜鲁门、艾奇逊要求遣返全部战俘的请愿运动。华盛顿受到了冲击，美国谈判代表团也不那么神气活现了。

签订协议

周恩来致信谈判代表

1952 年 5 月，由于美国战俘营发生了"杜德事件"，美国遭到全世界正义人士的声讨。中国代表团决定抓住这个有利时机，向对方发起新的进攻，迫使对方走下一步。当时，乔冠华在代表团里起了很大作用。

谈判代表团的分析会经常开到深夜。平时每天一次这样的预备会，大都由乔冠华主持。会上大家自由发言，各抒己见，分析对方明天可能会提些什么问题，该怎样回答。最后由秘书处的几个人员整理综合，经李克农过目后，连夜向上级汇报。

待上级答复后，即打印成文，参加谈判的正式代表每人一份。每天到会场代表们都是拎着一大叠纸条。这样，不管对方提什么问题，代表团都能有条不紊地给以答复或者批驳。

如果对方提的问题，代表团事先没准备，这也不要紧，就向对方提出暂时休会，在电话上与李克农或乔冠华商讨对策。

每次开这样的预备会议，乔冠华总在身边放一个茅台酒瓶子，说到高兴时就品一口茅台酒。但在谈判战俘问题的几天，乔冠华却顾不上去喝茅台酒了，因为李克农和朝鲜方面都一起来参加分析会。

中国代表团分析的结果是，只剩下一个战俘遣返问题，美方最后在这个问题上同我们纠缠，把移交我方的被俘人数逐渐减少，表明美国政府不想在这个时候使战争停下来。

代表团认为，原因可能有两个：

一是美国 4 年一度的大选即将开始，发动侵朝战争的共和党人杜鲁门总统，害怕战争的结束影响竞选；二是美国要在 1954 年的财政预算中增加军费开支，而朝鲜战争的继续进行则是最好的论据。

以后，慢慢地在会场上每次见面都是美军提出："你们有什么新的问题吗？""你们有什么新的建议吗？"

5 月 18 日，周恩来去信给李克农和乔冠华，他在信中说：

克农、冠华两同志：

我们的发言稿和新闻稿件中所有刺激性的词语如"匪类"、"帝国主义"、"恶魔"、"法西斯"等甚多，以致国外报刊和广播方面不易采用。各国友人特别是世界各国朋友们对此均有反映。望指示记者和发言起草人注重简短扼要地揭发事实，申述理由，暴露和攻击敌人弱点，

签订协议

避免或少用不必要的刺激性语句。国内方面亦将采取同样方针，并告。

李克农可称得上是以智取胜的专家，但在周恩来面前，他深感自己还缺少许多东西。

谈判就这样进行了几个月，仍然没有取得任何实质性进展。

9月28日，美方提出一个新方案，即停战后马上遣返愿意遣返的战俘，将其他人带到双方对峙的非军事区，交给中立国人员询问，然后前往他们所希望前往的一方。中朝方面经研究后认为这仍是"自愿遣返"，换汤不换药。

10月8日中朝方面提出方案，建议停战后立即将战俘送到非军事区的双方商定地区，交对方验收，然后通过双方红十字小组的询问，按国籍分类遣返，保证全体战俘过和平生活。

中朝代表之所以有这一提议，是由于当时已经捕获一些由战俘充当的空降特务，从他们的口供中已经了解到关押所谓"不愿遣返"战俘的营区已完全被台湾和南朝鲜特务用暴力控制，认为如简单地将那些被国民党特务和败类们控制的战俘送到中立区询问意愿，势必绝大多数人仍不敢表达想返回的意愿，而且这样做还会造成自己在政治上的被动局面。对那些心怀疑虑的战俘，只有进行比较长时间的解释，并打破那些"俘虏官"的暴力控制，才能争取其遣返。

对中朝方面的建议，美方声称这仍是"强迫遣返"，"不尊重个人人权"。

10月8日当天，美方代表以不能接受朝中方面的意见为由，单方面宣布无限期休会。

在谈判的同时，战争仍然在如火如荼地进行着。1952年9月18日，中朝军队发起对"联合国军"的反击作战，歼灭2.5万人。此役不但重创美军，也引起了美国朝野的一片哗然。

1952年10月，艾森豪威尔在竞选总统中宣布，他当选后，亲自到朝鲜结束朝鲜战争。结果，他当选了总统。就在艾森豪威尔竞选总统的1952年10月，美军开始争夺上甘岭、五圣山。

结果，上甘岭成了美军永久的伤痛，一个3.9平方公里的地域，美军投入6万多兵力，300余门火炮、近200辆坦克、3000余架次飞机，血战一个多月，炮火将山头削低了三四米，竟然拿不下来。

为了把美方破坏谈判的真相公之于世，10月16日，中方联络官把金日成、彭德怀签署的致"联合国军"司令克拉克的信交给对方，明确指出，美方拒绝协商，中止谈判，应该负起破坏停战谈判的全部责任。

10月19日，克拉克复函，拒绝恢复谈判，使谈判再次中断。

签订协议

乔冠华向中央提交报告

1952 年 10 月，由于美方的蓄意破坏，停战谈判中断，板门店会场冷冷清清，思乡之情弥漫在中国代表团成员心底，每到外交部派信使送文件、信件时，大家都满怀期待。

有一次，信使来了，令大家感到奇怪的是，信使是乔冠华的夫人、外交部新闻司司长龚澎。派这么大的"官"当信使，这还是第一次。原来，这是周恩来特意安排的。

大家正看着乔冠华、龚澎夫妇俩眼睛对眼睛，笑嘻嘻的样子很有意思，李克农把大家招呼到一边说："你们看到了吧，周总理怎样做工作，做得这个细，咱们都学着点儿。"

李克农拍电报，请解方、柴成文等人的夫人来板门店探亲，不能前来的也千方百计捎信带话。这个做法深得人心。祖国亲人的到来，使冷清的驻地一时变得热闹而富有生气。

朝鲜谈判的目的是为了停战，但实际上，枪炮声却不绝，连谈判中立区也常常发生炮击事件。

一次李克农乘坐的吉普车被美国飞机扫射的子弹打破了轮胎，还有几发子弹擦着耳边飞过去，幸亏司机沉着镇定，车子才没有扣翻过去。回来后，李克农的马靴上还有擦过的弹痕。

1952 年 11 月中旬，李克农、乔冠华、解方、边章五等几位领导回国短暂休假。见到家人，李克农风趣地说："差点儿翘着辫子去见马克思。"

李克农还拿出在这辆打坏了的吉普车旁拍摄的一张照片。这大概是李克农又一次在枪口下死里逃生。

这次回来，李克农头一次见到了自己的孙子凯成，感到十分高兴。"凯成"这个名字的由来，是有原因的。

那是 1952 年 8 月的一天，李克农还在朝鲜的谈判桌上忙碌着，家里传来一个喜讯，孙儿平安出世。

得知李克农家添了一个孙子，代表团里大伙纷纷嚷着让李克农请客庆贺，李克农笑得眼睛眯成一条缝，还真拿出了他平时舍不得喝的茅台酒。

席间，有人提出给这孩子起个名字，议论了半天，南日大将说："他是爷爷战斗在开城出生的，为了纪念这个地方，纪念朝中人民友谊，就取名叫开城吧。"

众人齐声称妙，李克农也笑着点点头。于是，一份带着美好心愿的新生儿名字的电报到了北京。

李克农夫人取其谐音为凯成，盼望凯旋成功归来之意。这个名字有双重意义的婴儿，30 年后成为总参谋部里的一名上校军官。

当时，在战场上，双方仍然僵持着。1952 年秋季，双方在战场上又进行激烈的攻防作战，僵局仍无法打破。

共和国的 *历程* · 正义火胜

11 月 17 日，印度向联合国大会提出解决朝鲜战俘问题的方案，提议由中立国印度、波兰、捷克斯洛伐克、瑞士、瑞典成立一个遣返委员会，来处理朝鲜战争中的战俘问题。

中朝当即对印度的提案进行研究，认为这是偏向美方的。5 天后，苏联代表在联合国表示，印度的提案违反禁止甄别、扣押战俘的日内瓦公约，美国则对这一提案基本同意。

12 月 2 日，联合国政治委员会以 53∶5 的表决结果通过了印度的提案。随即中朝两国政府都复电联合国大会主席，要求取消这一决议。

1952 年 11 月艾森豪威尔当选美国总统后，又试图以军事压力迫使中朝方面在战俘问题上让步。他采取了一系列表示强硬姿态的步骤，如鼓励台湾国民党军队攻击大陆，扬言扩大战争和准备封锁中国海岸等。

当时，英国从欧洲防务的角度出发，反对扩大战争和封锁中国。

从 1952 年年末起，志愿军投入了紧张的反登陆作战的准备。

1953 年 2 月 7 日，毛泽东在政协全国委员会上宣布：

我们愿意立即停战，剩下的问题待将来去解决。但美帝国主义不愿意这样做，那么好罢，就打下去，美帝国主义愿意打多少年，我们也就准备跟他打多少年。

这样，板门店谈判因战俘问题无法解决，出现了长时间的休会。

面对美国反共政客故意制造所谓"多数战俘不愿遣返"的闹剧来丑化新中国，毛泽东决心以争取"全部遣返"为目标坚持斗争，为此不惜再推迟停战。

根据毛泽东的要求，中朝军队通过在战场上大量杀伤"联合国军"，使对方为扣留少量战俘而付出大得多的人员损失代价。

另外，志愿军战俘在战俘营中进行了英勇的斗争，这一斗争有力地配合了板门店停战谈判，对于维护新中国的声誉起到了一定作用。

2月19日，受周恩来委托分析朝鲜战争与和谈局势的乔冠华提交了一份报告：

1. 联大对我拒绝印度提案尚未处理，但鉴于美国解除台湾中立化的行动，激怒了很多中间国家，多少抵消了我拒绝印案产生的不利影响。联大复会很可能对此案不了了之，拖到下届再说。

2. 美国搁起板门店转到联合国，本想借以压我们，联大压不成，战场又无多少办法，本可自回板门店。但鉴于美国在联大尚未死心，

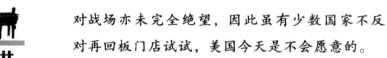

对战场亦未完全绝望，因此虽有少数国家不反对再回板门店试试，美国今天是不会愿意的。

3. 如果我正式在板门店通知对方无条件复会，美国态度将是拒绝的居多……如果我以金日成、彭德怀致函形式，对方可能认为我性急，有些示弱，反易引起对方幻想。

乔冠华主张："谈判是美国人主动停下来的，也应当由他们主动恢复，我们一动不如一静。"即根据战线已经稳定在"三八线"的情况，最好先静观美军的动向，然后再做出反应，保持弯弓待发的主动态势。

毛泽东、周恩来同意乔冠华的看法。果然，3天后的2月22日，"联合国军"新任总司令克拉克致函朝中方面，建议在板门店先就交换战俘问题进行谈判。

到4月份，中断了6个月零18天的停战谈判，又在板门店重新开始了。人们都说乔冠华料事如神。

朝鲜停战协定正式签署

1953 年春，停战谈判休会 4 个多月后，美方为下台阶，提议先行交换伤病战俘。当时，斯大林突然逝世，苏联新领导人在同周恩来会谈中表明应改变原来的路线，争取早日停战。

毛泽东等周恩来从苏联回到北京，经商议后致电金日成说明：

> 准备在遣返战俘问题上做一让步，以争取朝鲜停战。

春夏之交，作为朝鲜停战谈判唯一障碍的战俘问题通过互让终于得到解决。中朝方面的让步是：不坚持要求遣返全部志愿军战俘和家居南朝鲜的人民军战俘，却要求将不直接遣返的战俘交给中立国，并派人前去解释，相当于一种动员遣返。

美国方面的让步是：不坚持由它进行单方面的"甄别"，同意将"不愿遣返"的战俘交给中立国，并由朝中方面派人去解释动员遣返。

1953 年 3 月 30 日，周恩来以政务院总理兼外长的名义，就关于朝鲜停战谈判问题发表声明提出：

签订协议

谈判双方应保证在停战后立即遣返其所收容的一切坚持遣返的战俘，而将其余的战俘转交中立国，以保证对他们的遣返问题的公正解决。

周恩来的这一声明，表明中朝方面就战俘问题改变了"全部遣返"的要求，不过也不同意美方单方面"甄别"后决定"自愿遣返"人员的办法，而是改为将那些对遣返有顾虑者交中立国再派人"解释遣返"。

4月6日，双方派出联络组在板门店开会。

4月20日，朝鲜停战谈判双方在板门店开始交换病伤战俘，后来称之为"小交换"。中朝方面交给对方684人，对方交来6670人。事实上双方伤病战俘都不止此数，交还数字都是按战俘总数的相同比例遣返的。

5月7日，朝中方面对战俘问题提出了一个具体的方案，即停战后立即遣返坚持遣返的战俘，并将其余战俘送出朝鲜，运交中立国进行为期3个月的解释。

5月25日，"联合国军"方面提出关于俘虏问题的最终方案。10天后的6月4日，中朝方面接受了这一方案。

6月8日，双方就战俘问题达成协议。协议规定：

停战后双方立即遣返坚持遣返的战俘，其余战俘于停战生效60天后交给波兰、捷克斯洛伐克、瑞士、瑞典和印度 5 国组成的中立国遣返委员会看管，由双方派人去进行为时 90 天的解释。此后仍不愿意遣返的战俘再由政治会议处理，或由中立国将其变为平民，去他们申请去的地方。

至此，全部五项议题都达成协议。

1953 年 7 月 27 日，中方代表团首席代表和"联合国军"方面谈判代表团首席代表在板门店正式签署停战协定。

朝鲜停战协定的签订，是走向和平解决朝鲜问题的首要步骤。持续了 3 年零 33 天的朝鲜战争，将因双方执行自 7 月 27 日 22 时起停火的规定而结束。

举世瞩目的朝鲜停战协定的签字仪式，是在板门店会场区新建的签字大厅中举行的。具有朝鲜民族风格的签字大厅宽敞明亮，全部用木材构筑。大厅成凸字形，正面向南，凸字形的突出部分位于北方。

在大厅前面，是作为谈判会场的一所小木屋和几座帐篷。虽然由于美方拖延谈判达两年之久，它们在饱经风雨之后已经显得陈旧，然而，它们已光荣地完成了自己的任务。

签字大厅布置得庄严朴素。大厅正中，向北并排排列着两张长方形的会议桌，它们中间是一张置放朝鲜停战协定文本的方桌。会议桌上铺着绿色的绒布，靠西的

签订协议

会议桌上有朝鲜民主主义人民共和国的国旗，靠东的桌上有联合国的旗帜，在大厅西部是朝中方面的席次，东部是"联合国军"方面的席次。大厅北面凸字形突出部分，设有双方新闻记者的席位。

从清晨开始，到签字前为止，双方的人员在签字大厅内和会场区，忙于为签字仪式进行最后的准备工作。上午9时起，会场区内的空气顿时活泼，到处可以看到三五聚谈的各国新闻记者。

中朝方面的8名安全军官和美国方面的8名安全军官，分别进入大厅西部和东部的四周守卫。在签字仪式开始前，朝中方面的人员由西门进入大厅就座，"联合国军"方面的人员由东门进入大厅就座。

10时整，朝鲜人民军与中国人民志愿军代表团首席代表南日大将，及"联合国军"代表团首席代表哈里逊中将进入大厅在会议桌前就座，开始在本方自己准备的停战协定和临时补充协议文本上签字，随后在对方的文本上签字。

朝鲜停战协定的朝文、中文、英文3种文本各6份共18份，我方的文本用深棕色皮面装帧，一份自行保存，一份与对方交换，一份由根据朝鲜停战协定设立的军事停战委员会保存。

南日大将和哈里逊中将签字的时间即作为停战协定签字时间，每份文本将尽速送交双方司令官签字。签字仪式在10时10分结束，南日大将及哈里逊中将各偕同本方人员退出大厅。

之后，由工作人员把文本带回，金日成、彭德怀、克拉克也在协定上签了字。

朝鲜停战协定的签字，是朝中人民反抗侵略、保卫和平的胜利，是世界和平民主力量的胜利。它宣告了以协商方式代替武力解决的胜利。它给全世界人民带来了巨大的鼓舞和希望。人们要求停止朝鲜流血冲突的愿望，将因协定签字 12 小时后的停火而成为现实。

为了保证军事停战的稳定，朝鲜停战协定规定：纵横跨朝鲜半岛的军事分界线上，双方军队在停战生效 72 小时内各后退两公里，在这 4 公里宽的地区建立非军事区；停止从朝鲜境外进入增援的军事人员，以及作战飞机、装甲车辆、武器与弹药。

双方所收容的全部战俘，将按照停战协定及其附件中立国遣返委员会职权范围的规定予以释放与遣返。在协定生效后 3 个月内，由有关各国政府召开的政治会议，将讨论从朝鲜撤退一切外国军队，包括中国人民志愿军在内，以及朝鲜问题的和平解决。

当时，各国人民正关切而警惕地注视着停战协定的执行。

《停战协定》全称《朝鲜人民军最高司令官及中国人民志愿军司令员一方与联合国军总司令一方关于朝鲜军事停战的协定》。协定规定，协定各条款在未为双方共同接受的修正与增补或未为双方政治级和平解决的适当协

签订协议

定中的规定所明确代替前，一直有效。

协定包括序言和正文五条六十三款，并附有《中立国遣返委员会的职权范围》和《关于停战协定的临时补充协议》。

《朝鲜停战协定》的签订，标志着历时3年多的朝鲜战争以朝中人民的胜利和美国的失败而宣告结束。但这并不意味着朝鲜问题的和平解决。

停战协定明确规定召开高一级政治会议和平解决朝鲜问题，但由于美方的阻挠和破坏，这一会议未能如期召开。

1953年10月1日，美国与南朝鲜签订《美韩共同防御条约》，继续在南朝鲜保留美国驻军。

1954年4月在为和平解决朝鲜问题和恢复印度支那和平问题而召开的日内瓦会议上，由于美国缺乏诚意，未能就从朝鲜撤出一切外国军队及和平解决朝鲜问题达成协议。

经朝中两国政府协商同意，中国人民志愿军于1958年底全部撤离朝鲜。这一行动表明了朝中方面执行停战协定及和平解决朝鲜问题的诚意。

四、 胜利回国

● 志愿军某师师长说："我们不能忘记：和平
   是从斗争中取得的。"

● 张天云在致答词中说："当我们的火车驰过
   鸭绿江桥、踏上抚育和生长我们的国土时，
   我们的心情是无限地兴奋。"

● 杨勇和王平齐声回答："告别了英雄的朝鲜
   人民，我们全部回到祖国的怀抱了！"

志愿军拥护停战协定

1953 年 7 月 27 日，中国人民志愿军各兵种的全体指挥员、战斗员热烈拥护当天上午 10 时在朝鲜板门店签字的朝鲜停战协定，并表示坚决予以遵守。

金城前线某师曾在 1951 年金城以南粉碎"联合国军"秋季攻势的战斗中，在北汉江两岸的反击战中，和最近在金城以南对李承晚南朝鲜军进行的强大反击战中，都建立了功勋。

3 年来，他们共歼灭了美军和南朝鲜军 2.5 万多人。该师师长说：

我们不能忘记：和平是从斗争中取得的。朝鲜停战协定的签订，是朝中人民沉重地打击了敌人的结果，也是以苏联为首的世界和平民主力量为和平事业而奋斗的结果。但是我们对美国一部分好战分子和李承晚集团企图继续破坏和平的阴谋，必须保持高度的警惕，更加坚定地为朝鲜停战协定的全部实现，为和平解决朝鲜问题而奋斗。

某部"刘东武英雄排"曾经在 1951 年粉碎"联合国

军"秋季攻势的作战中，歼灭"联合国军"550名。该排副排长王炳军说：

> 朝鲜停战的实现，是和我们无数同志的艰苦奋战、英勇牺牲分不开的。我们杨根思式的英雄排长刘东武，就是为了保卫祖国、保卫和平而献出了自己的生命。我们坚决执行朝鲜停战协定的各项条款，并且要努力巩固用斗争取得的和平，谁敢破坏朝鲜停战，我们就要和以前一样地坚决打击它！

曾在光辉的上甘岭战役中荣获二级英雄称号的特等功臣马新年说：

> 我们坚决拥护朝鲜停战协定。为了保卫和平、保卫祖国，我曾经在上甘岭战役中英勇作战。今后我们要更加坚定地为和平解决朝鲜问题而奋斗。

中国人民志愿军空军某团团长、二级英雄郑长华感慨地说：

> 朝鲜停战协定签字了，但我们面前的任务仍然很艰巨，我们要争取朝鲜停战协定的完全

101

实现，争取和平解决朝鲜问题。

在抗美援朝的斗争中作出了巨大贡献的中国人民志愿军后勤部队，也热烈拥护朝鲜停战协定。在铁道战线上建立了光辉功绩的"杨连第连"的指挥员、战斗员们表示：

今后要继续发扬英勇顽强的战斗精神，帮助朝鲜人民恢复铁道事业。

特等功臣、安全行车5.7万公里的汽车司机张昭义说：

我们必须百倍地提高警惕，时刻防止美国好战分子和李承晚集团破坏朝鲜停战协定的阴谋活动！

1953年7月27日22时，朝鲜全线完全停火。这一刻，双方阵地炮声、枪声大作，然而这次是为和平而鸣放。

各族人民欢迎停战协定

1953 年 8 月 3 日，全国各少数民族各阶层人士，纷纷发表谈话，热烈欢迎朝鲜停战协定签字。

在新疆省迪化市，中国伊斯兰教协会主任鲍尔汉发表谈话说：

中国的穆斯林们庆贺中朝人民和世界爱好和平人民的胜利。我代表穆斯林们向朝鲜人民军和中国人民志愿军致以崇高的敬礼。我们决心和朝鲜人民团结一致，为巩固和平、争取朝鲜停战协定的彻底实施而奋斗。

新疆省人民政府副主席赛福鼎说：朝鲜停战协定签字是中朝人民和世界爱好和平人民的重大胜利。新疆各族人民和全国各族人民一样，在警惕着帝国主义好战分子和李承晚匪帮妄图破坏停战的阴谋。新疆各族人民将支援朝鲜人民重建家园，恢复生产，更要在伟大领袖毛主席领导下，发展生产，建设祖国边疆。

正在进行普选试办工作的迪化市第三区各族市民，听到朝鲜停战协定签字的消息后，妇女们纷纷聚集在院落和街道跳舞歌唱，庆祝中朝人民的胜利。

胜利回国

"志愿军老妈妈"吾古尼沙汗的女儿枣儿汗说："我妈妈在世时，日夜纺线、拾麦穗换钱捐献来支援志愿军，现在她为争取抗美援朝胜利、争取和平的心愿实现了。"

在兰州市，中国伊斯兰教协会副主任、西北民族事务委员会委员马震武对朝鲜停战协定的签字发表谈话说："朝鲜停战的实现说明了中朝人民以及全世界爱好和平人民力量的强大。但是李承晚匪帮还在叫嚣'恢复战争'，这个我们也看得很清楚，李承晚是影子戏里的人，操纵他的是美国的好战分子，因此这就不能不引起我们的严重警惕。"

中国回民文化协进会副主任马腾霭在银川市发表谈话说：

朝鲜停战协定的签字，标志着对国际争端用协商精神战胜武力解决的原则的胜利。

他号召回族人民进一步和各兄弟民族亲密团结，高度地提高警惕，防止美国好战分子和李承晚匪帮对停战的破坏行为。

中国佛教协会副会长喜饶嘉措在西宁市发表谈话说：藏族人民和全国人民一样，对朝鲜停战协定的签字，感到欢欣鼓舞，并表示热烈拥护。胜利是从艰难中得来的。我们感谢英勇的中朝人民部队，感谢英雄的朝鲜人民。我们的一切胜利是和毛主席的英明领导分不开的。停战协定的签订只是和平解决朝鲜问题的第一步，帝国主义是反复无常的。因此我们还要提高警惕。

朝鲜停战协定签字的消息传到祖国西南边疆时，各族人民都表示热烈欢迎。

云南省西双版纳政府主席召存信和德宏人民政府主席刀京版、副主席思纳山等都发表谈话。召存信说：

> 西双版纳20万少数民族人民，正在积极生产，过着从来没有过的安宁生活，我们深深感到和平日子的可贵。但是，我们长期住在边疆的人们，最熟悉帝国主义好战分子的反复无常，我们要更加紧密团结，百倍地提高警惕。

西康省藏族各族各界人民，也举行了座谈，欢迎朝鲜停战协定签字。

内蒙古自治区的归绥市和乌兰浩特、海拉尔等城市以及东北地区的各族各界人民，都怀着愉快和警惕的心情欢迎朝鲜停战协定的签订。

内蒙古自治区抗美援朝总分会主席哈丰阿说："朝鲜停战协定的签字，清楚地证明了和平能够战胜战争，协商精神能够战胜武力侵略。现在，我们仍应严密注视李承晚反动集团在美国纵容下阻挠停战协定的全部实现以及其他可能发生的阴谋破坏行为，为争取彻底实现朝鲜停战，和平解决朝鲜问题而奋斗。"

胜利回国

沈阳市朝鲜族妇女洪性淑说：今后我们朝鲜族人民，要和祖国人民一道，帮助朝鲜弟兄重建家园，希望他们早日和我们一样过着幸福的生活。

当朝鲜停战协定签字的消息传到祖国青藏高原的时候，拉萨市和日喀则市的各阶层人士都表示热烈欢迎。

在拉萨，藏文新闻简讯社发出3000多份藏文号外。很多市民拿着"号外"高兴地阅读，还有许多藏民跑到人民解放军驻拉萨机关的门口听朝鲜停战协定签字的广播。

西藏地方政府官员、藏族各阶层人士都发表谈话，拥护朝鲜停战协定。

志愿军七个师撤出朝鲜

1953年7月27日，朝鲜停战协议签字的当天，在北京中南海的毛泽东也接到了来自彭德怀的报告。他这天起得早，走出屋门，响亮地唱起京剧。警卫们都说，毛主席只有在最高兴的时候才会这样。

但是，停战协定主要内容是双方沿"三八线"停战，外国军队不再向朝鲜半岛增兵，且没有规定外国军队的撤军时间，美国拒绝在停战协议中规定外国军队的撤军时间。这就是说，战火还有重新点燃的可能。

1954年4月19日，中国政府任命周恩来为首席代表，外交部副部长张闻天、王稼祥、李克农为代表，正式组建中华人民共和国出席日内瓦会议代表团，于4月24日抵达日内瓦参会。

日内瓦会议第一个议程就是朝鲜问题。朝、中、苏三国代表做了巨大努力，提出"一切外国武装力量在6个月内撤出朝鲜"，但美国不同意。

如毛泽东早就预料的那样：朝鲜战争在"三八线"停下来是反映了两大阵营势均力敌的现状。这种力量对比，在停战后的9个月中并没有发生多少变化。

当时，美国根本不准备再向前跨进一步，达成任何新的协议。一些西欧国家对解决朝鲜问题也不热心。

胜利回国

英国外交大臣艾登对周恩来说："朝鲜那个地方没有关系，我不感兴趣，反正打不起来，问题在印度支那。"

这样，会议开了 3 天，没有任何结果。周恩来致电毛泽东、刘少奇说：

> 朝鲜问题的讨论形成敷衍局面，因美国不打算解决问题，法国对朝鲜问题又不便发言，英国也表示不想发言。

日内瓦会议长达 51 天，对朝鲜问题的议程一个也没解决。美国坚持不撤军，它的方案是，在南朝鲜程序之内进行朝鲜大选，南朝鲜来把持南方，中国人民志愿军要在大选后一个月之内撤离朝鲜，"联合国军"在统一之后再撤出朝鲜。

中国、朝鲜不能接受。不过毛泽东、周恩来等人看得很清楚：虽然会议没有达成任何协议，但再打起来的可能性是很小了。

在日内瓦最后一次会议之前，美国国务院已经指示美国代表团要使会议破裂。美国代表纠集"联合国军"的国家抛出所谓"十六国宣言"，妄图在没有任何协议的情况下结束会议。

关键时刻，周恩来走上讲话席作即席发言。周恩来镇定地说：

中国代表团带着协商和和解的精神第一次参加这样的会议，如果我们今天提出的最后一个建议都被拒绝，我们将不能不表示最大的遗憾。全世界爱好和平的人民将对这一事实作出判断！

在周恩来发言过程中，全场一片寂静，西方国家乱了阵脚。美国代表声称，在请示政府以前不准备发表意见，不参加表决。

周恩来最后提出：

日内瓦会议与会国家达成协议，它们将继续努力以期在建立统一、独立和民主的朝鲜国家的基础上达成和平解决朝鲜问题的协议。

关于恢复适当谈判的时间和地点问题将由有关国家另行商定。

接着，朝鲜外相南日发言，他指出：

建议各有关国家的政府采取措施，遵照按比例的原则尽速从朝鲜境内撤退一切外国军队。从朝鲜撤退外国军队的期限，由日内瓦会议的参加国协议决定。

在不超过一年的期限中，缩减朝鲜民主主

义人民共和国和大韩民国的军队力量，双方军力不得超过 10 万人。

由朝鲜民主主义人民共和国和大韩民国的代表组成一个委员会，来研究创造逐步解除战争状态的条件、将双方军队转入和平时期状态等问题，并建议朝鲜民主主义人民共和国政府和大韩民国政府缔结相应的协定。

南日最后说：

我们深信，执行我们建议中所规定的措施，就会保证在朝鲜从停战转入持久和平，并因此而有助于朝鲜的和平统一。

周恩来表示完全支持南日外相的各项建议，并指出：

从朝鲜撤出一切外国军队，是朝鲜人民在全国选举中能自由表示意见，而不受外力干涉的先决条件。

1954 年 9 月 5 日，中国人民志愿军总部发言人宣布：

中国人民志愿军司令员彭德怀已离任，由邓华任司令员，并宣布志愿军将于九、十两个月从朝鲜撤出 7 个师返回祖国。

9 月 10 日，朝鲜各界在平壤市举行盛大集会，欢送中国人民志愿军 7 个师返回祖国。

1954 年 10 月 4 日，志愿军总部发言人宣布：

从 9 月 16 日起到 10 月 3 日止，志愿军 7 个师已经全部撤出朝鲜返回祖国。

1955 年 3 月 23 日，朝鲜祖国统一民主主义战线中央委员会议长团举行会议，决定成立以朝鲜最高人民会议议长李英为首的欢送中国人民志愿军归国部队的委员会。委员会将负责筹备举行欢送大会和组织各界人民代表团前往中国人民志愿军归国部队驻地进行慰问和送别等事宜。

各界人民代表团即将携带锦旗和纪念章等礼物陆续出发，并且将有艺术队随行，在归国部队驻地举行送别演出。

几个代表团将分别由最高检察所检察总长李松云、教育相白南云、朝鲜职业总同盟中央委员会委员长金翊善、朝鲜祖国统一民主主义战线中央委员会议长团议长金天海等率领。

胜利回国

隆重欢迎首批志愿军归国

1957 年 11 月，各国共产党和工人党在莫斯科举行会议期间，毛泽东和金日成谈到从朝鲜撤出中国人民志愿军的问题。

在谈话中，毛泽东说：

鉴于朝鲜的局势已经稳定，中国人民志愿军的使命已经基本完成，可以全部撤出朝鲜了。朝鲜人民可以完全依靠自己的力量来解决民族内部事务。

金日成完全同意。

1958 年 2 月 19 日，中朝两国政府发表声明，宣布中国人民志愿军在 1958 年年底以前分批全部撤出朝鲜。

3 月 16 日，安东阳春三月，和风送暖，全市张灯结彩，高挂国旗。从鸭绿江到安东车站，到处都是欢迎标语。在一座面对鸭绿江的高大建筑物上，写着远离数公里都能看得见的两个大字："欢迎"。

2300 多人身着节日服装，打着欢迎横幅，手持国旗、彩旗、花束，带着铜管乐、打击乐和歌舞节目，等候在鸭绿江桥头和车站月台上，翘首向桥头张望。

中午时分，分乘两列列车的志愿军载誉而归，机车前头挂着毛泽东和金日成画像以及带有和平鸽的志愿军纪念章，车旁挂着"祖国的儿女回来了"的标语。人们沸腾起来，锣鼓声、鞭炮声、口号声响彻云霄。

列车刚停稳，240名少先队员举着鲜花，跑进车厢，高喊："志愿军叔叔好！"向志愿军归国代表行队礼、献花致意。

中国人民欢迎志愿军代表团团长陈叔通、副团长王维舟、邵力子、高崇民、李浊尘等与志愿军首长张天云等亲切握手拥抱。大家都喜笑颜开、热泪盈眶。

13时，在站前广场举行1.3万人的欢迎大会。

当代表团全体人员陪同首批归国志愿军首长张天云、王明昆、谢福林走上主席台时，全场再一次响起雷鸣般的掌声。

大会在中朝两国国歌声中开始，代表团团长、中国人民抗美援朝总会副主席陈叔通致欢迎词。他代表中国共产党、各人民团体、各民主党派和全国人民向劳苦功高的志愿军英雄们表示热烈的欢迎，并致以亲切的慰问。

朝鲜驻我国大使馆临时代办文在洙，也在会上讲话。他代表大使馆向志愿军归国部队和安东市人民转达朝鲜人民的深切的谢意。

志愿军首批归国部队首长张天云在致答词中说：

当我们的火车驰过鸭绿江桥、踏上抚育和

胜利回国

生长我们的国土时，我们的心情是无限地兴奋。志愿军从入朝参战的头一天起，就一直努力争取朝鲜问题的和平解决，在朝鲜停战后，志愿军已经先后3次主动地从朝鲜撤回了19个师。这次，在中朝两国政府发表了联合声明后，志愿军又从朝鲜开始撤出自己的部队，这就再一次向全世界证明了志愿军抗美援朝完全是正义的行动。

大会结束前，志愿军的代表向中国人民欢迎志愿军归国代表团献礼。4名官兵代表把采自英雄阵地马良山、丁字山、老秃山上的金达莱花、石头、黑土和美国侵略军轰炸朝鲜和平村庄的炸弹皮，送给了代表团。

张天云把一柄朝鲜古剑，佩戴在陈叔通团长的身上。这柄古剑是平壤一位朝鲜老人的传家之宝，在这次志愿军离别朝鲜的时候，这位朝鲜老人把它送给了张天云。

大会结束后，在安东旅社举行盛大酒会。在文化宫、铁路文化宫和人民艺术剧场举行欢迎晚会。当天晚上，首批归国志愿军和欢送群众握别乘车北上。

党和国家领导人接见志愿军代表

1958 年 7 月 11 日，安东人民在站前广场召开 8000 人大会，欢迎第二批归国志愿军。

当时，安东市各主要街道上，张灯结彩，高挂起无数幅大字标语：

庆祝抗美援朝斗争的伟大胜利

欢迎中国人民志愿军光荣归国

整个街道呈现出一片节日景象。

10 月 26 日中午，中国人民志愿军最后一支部队回来了，当列车驶上鸭绿江大桥的时候，中国人民志愿军司令员杨勇站在窗口，仔细地俯视着碧波荡漾的江水。杨勇很激动，江岸上传来了祖国亲人的锣鼓声、鞭炮声和欢呼声。王平政委十分激动，他连声说："到祖国了！"

当火车驶进边城安东时，车站上锣鼓喧天，鞭炮齐鸣，彩旗花束挥舞，口号声响彻云霄，各界人民群众热烈欢迎志愿军胜利归来。

战士们一走下火车，就被欢迎的人群抱起来，抛向空中。五彩缤纷的七经路长廊，形成了人海、旗海、花海。人们敲锣打鼓燃放鞭炮，载歌载舞，呼口号、撒纸

花，盛况空前。

当志愿军司令员杨勇和政委王平走出车厢时，专程从北京赶来的中国人民欢迎志愿军归国代表团团长廖承志等人走上前去，和他们热烈握手，亲切拥抱。

10 月 27 日早晨，青年广场欢迎大会会场上空升起 3 条巨幅大气球标语，1.8 万名安东各界人民参加了大会。

当以杨勇、王平为首的志愿军代表团由欢迎代表团成员陪同进入会场时，300 名文艺工作者组成的队伍和两个大乐队夹道欢迎，无数气球、和平鸽飞向蓝天，全场一片欢腾。

廖承志在大会上致欢迎词。他说：

> 我们代表祖国 6.5 亿人民，向我们最可爱的人，劳苦功高的中国人民志愿军英雄们，致以最崇高的敬意，最热烈欢迎和最亲切的慰问。

杨勇在安东欢迎志愿军归国大会上致答词，他说：

> 亲爱的廖承志团长和祖国人民代表团全体同志，亲爱的辽宁省和安东市同胞们：
>
> 今天，中国人民志愿军总部全体同志，满载着荣誉和友谊，回到了祖国的怀抱。当我们一跨上祖国的土地，看到了亲人们隆重欢迎的行列，听到了亲人们热情的声音，我们就感到

了说不出的温暖和欢欣。请让我代表中国人民志愿军全体同志，对亲人们的盛大欢迎，表示衷心的感谢！

同志们！现在我们已经回到祖国的怀抱了。我们保证：祖国需要我们到哪里去，我们就到哪里去，祖国需要我们做什么，我们就去做什么。

10月29日下午，毛泽东、周恩来、朱德和中央其他领导人迈过怀仁堂后花园的草坪，走到志愿军代表们面前，见到中国人民志愿军司令员杨勇和政治委员王平的第一句话就是："都回来了吗?"

杨勇和王平齐声回答：

告别了英雄的朝鲜人民，我们全部回到祖国的怀抱了！

毛泽东向他们伸出手说："热烈欢迎你们！"

当时，毛泽东的脸上浮现出了愉快的笑容。这是一个胜利者的笑容！

朝鲜停战谈判的成功，为世界各国人民争取和平解决国际争端树立了一个新的范例。

这是有史以来美国第一次没有打赢的战争。"联合国军"总司令克拉克在1954年出版的回忆录中，沮丧地写

下了这样的话：

> 我获得了一项不值得羡慕的荣誉：那就是我成了历史上签订没有胜利的停战条约的第一位美国陆军司令官。我感到一种失望的痛苦！我想，我的前任，麦克阿瑟与李奇微两位将军一定具有同感。

朝鲜停战不仅给亚太地区国际战略格局带来了重大影响，也促使中国共产党和中国政府趁此时机进行对外政策的重要调整。

而中国共产党以朝鲜停战为契机，确定了坚持和平外交、缓和国际紧张局势的对外政策方针。周恩来代表中国政府表示愿意恢复与世界各国的正常关系，发展商贸交流和友好往来，同时开展积极外交，力争在和平共处五项原则的基础上探索与各国，包括日本及西方国家发展经贸关系和文化往来的途径。

新中国做出的努力，为社会主义经济建设创造了和平安定的外部环境。

参考资料

《当代中国的抗美援朝战争》柴成文等著 解放军出版社

《朝鲜战争实录》解力夫著 世界知识出版社

《朝鲜战争中的美英战俘纪事》边震遐著 解放军文艺出版社

《正义与邪恶的较量》程来仪著 中央文献出版社

《中国人民志愿军征战纪实》王树增著 解放军文艺出版社

《志愿军援朝纪实》李庆山著 中共党史出版社

《三十八军在朝鲜》江拥挥著 辽宁人民出版社

《三十九军在朝鲜》信泉著 辽宁人民出版社

《志愿军十虎将》宋国涛编著 中共党史出版社

《万岁军：38军抗美援朝纪实》吴成槐主编 辽宁美术出版社

《我们打败侵略者》（上）孙忠同主编 北京长征出版社

《抗美援朝的故事》贺宜等著 启明书局

《抗美援朝战场日记》李刚著 解放军文艺出版社

《王平回忆录》王平著 解放军出版社

《抗美援朝纪实：朝鲜战争备忘录》胡海波著 黄河

出版社

《血与火的较量：抗美援朝纪实》栾克超著　华艺出
　　版社

《烽火岁月：抗美援朝回忆录》吴俊泉主编　长征出
　　版社

《抗美援朝战争全景纪实》双石著　中共党史出版社

《志愿军将士朝鲜战场实录》林源森等主编　中国社
　　会科学出版社

《志愿军勇挫强敌的十大战役》姚有志　李庆山主编
　　沈阳白山出版社

《伟大的抗美援朝运动》中国人民抗美援朝总会宣传
　　部　人民出版社

《朝鲜战争》李奇微著　军事科学院外国军事研究部
　　译　军事科学出版社